ACERO ESPAÑOL

Sergio Herrero

ACERO ESPAÑOL

Primera edición: junio de 2024

ISBN: 978-84-10253-78-0
ISBN digital: 978-84-10253-79-7
Depósito legal: M-13401-2024

Editorial Adarve
C/Luis Vives, 9
28002 Madrid
editorial@editorial-adarve.com
www.editorial-adarve.com

Impreso en España

NIEBLA EXTREMA

Los dos jinetes de los tercios españoles pasaron raudos sobre el campo de batalla holandés con piezas de artillería abandonadas por la cruenta batalla sufrida contra los españoles, la espesa neblina apenas les dejaba ver más allá de las cabezas de sus caballos jadeantes y exhaustos por el largo trote que ya habían realizado.

Uno de los jinetes, el capitán Ortiz, disminuyó la velocidad de la cabalgada de su caballo. Ortiz era todo un veterano de guerra, un tercio viejo, un soldado corpulento, con poco sentido del humor ya que la guerra le había arrebatado todo lo que tenía, con un sombrero que tapaba su reluciente calva y una barba canosa, poco acicalada, llevaba tanto tiempo combatiendo con ese caballo que lo sentía como una prolongación de sí mismo, los oficiales no hacían esas tareas, para eso estaba la tropa de rango más inferior al suyo pero a él le encantaba reconocer el terreno por sí mismo.

—¿Y bien? —preguntó a su compañero jinete.

El jinete después de girar la cabeza hacia todos lados buscando algo que decirle al capitán le contestó:

—Las órdenes del general son echar un vistazo hasta llegar al borde de la niebla, pero es demasiado espesa y probablemente nos perdamos en ella sin saber llegar a nuestro campamento.

El capitán Ortiz murmulló para sí mismo y el jinete no entendió lo que quiso decirle.

—Comprueba tu silla, que esté bien amarrada y mantén la mano en tu espada —dijo el capitán Ortiz.

El jinete Mario que así se llamaba, era un joven moreno, muy delgado, con la cara muy chupada por el hambre y con muchas ganas de sobrevivir a la guerra para poder tener un futuro donde no le faltara la comida a él, ni a su familia, ya que se alistó en los tercios para ganar algo de dinero. Mario sabía bien lo que significaban esas palabras, pues todos conocían el ímpetu del capitán Ortiz por ganarse el honor de ser él quien hiciera la primera sangre del día.

—Mario, tú irás detrás de mí, asegúrate de que nadie nos ataque por retaguardia y yo me encargaré de vanguardia. Después volveremos a casa.

—A la orden —dijo el jinete Mario con voz impetuosa.

El capitán Ortiz estaba a punto de azuzar a su caballo para emprender la marcha, pero un ruido bien conocido para él le hizo saltar de su caballo al húmedo y embarrado suelo. No era habitual que el capitán Ortiz estuviera nervioso.

—Muchacho desmonta y échate al suelo —le dijo al jinete Mario con voz sigilosa.

—Tenemos que movernos a esa trinchera de allí, señalando una que apenas podían ver con la niebla.

—¿Qué es esto? —preguntó con impaciencia Mario, poco amante de los sobresaltos imprevistos.

—Aguarda muchacho, el enemigo está cerca, seguramente escuchasen nuestros caballos y nos han seguido hasta aquí, desenvaina tu espada y prepárate para ver al creador si es que no eres diestro con la espada.

Un día rutinario de patrulla se había convertido en una jornada fuera de lo normal, los dos estaban ansiosos esperando cuál sería el próximo paso del enemigo y así poder atacarles bajo el manto de la niebla que les escondía en esa húmeda y fría trinchera.

—¿Cuánto tiempo tenemos que estar aquí? —preguntó Mario susurrando.

—Un rato —le respondió el capitán Ortiz tajantemente.

La voz tensa y carrasposa pasó a murmurar una oración. La temperatura del ambiente bajó de forma perceptible en esa trinchera debido a que ya estaba oscureciendo el día, alguien en algún lugar exhaló un suspiro de desesperación, el capitán Ortiz echó mano de su cuchillo, con la carne de gallina y con el sabor metálico que solo la sangre puede dejar en el momento que de puro nervio del que se muerde la boca por la adrenalina de atacar al enemigo.

—Prepárate Mario, se acercan a nuestros caballos y no podemos perderlos, los necesitamos para volver al campamento —le dijo el capitán Ortiz a Mario con voz serena y consciente de lo que iban a tener que hacer.

Mario echó mano de su pistola escondida dentro de su chaqueta llena de remiendos y se preparó para el enfrentamiento, mientras el capitán Ortiz seguía murmurando sus oraciones.

Ortiz miró por encima de la zanja hecha en la trinchera y vio un soldado holandés distraído inspeccionando los caballos, pero todavía no había dado la voz de alarma, arropado por la espesa niebla. Y como si de un león se tratase, el capitán Ortiz salió de la trinchera con su cuchillo entre los dientes, dando aviso con la mano a Mario para que se mantuviera en posición y preparado para lo que pudiera venir a continuación.

El capitán Ortiz, sigilosamente, se colocó en la espalda de aquel pobre soldado y con un movimiento rápido y silencioso acabó con la vida del muchacho; que entre pataleos y con fuerzas aún para zafarse, le susurró algo al oído y finalmente aquel pobre diablo terminó con su lucha esa misma tarde, en un reconocimiento rutinario que —para él— sería ya el último.

Acto seguido el capitán Ortiz levantó el cuerpo agarrándolo del brazo y lo llevó sobre sus hombros a donde se encontraba Mario, aún a la espera de que el capitán Ortiz le ordenase algo; juntos acomodaron el cuerpo todavía caliente y lleno de sangre de aquel soldado holandés para que no les estorbase en su próxima escaramuza contra los demás soldados que allí se encontraban buscándolos.

—¿Está bien? —le preguntó Mario.

—Sí, ahora debemos esperar que no echen en falta al soldado abatido —contestó el capitán Ortiz de forma tajante para evitar que los descubrieran por hablar demasiado.

Mario tragó saliva nervioso para que no se dieran cuenta de aquel pobre soldado, y estuvo atento a cualquier movimiento que se produjera en las sombras de la niebla, poniendo oído a todo ruido que surgiese. Al rato de estar allí inmóviles, muertos de frío y empapados por el húmedo barro y la baja temperatura —esperando que se marchasen los demás soldados holandeses de esa parte del campo de batalla—, empezaron a oír pasos, unos pasos que cada vez se escuchaban más rápidos y fuertes; el capitán Ortiz sabía que le habían seguido el rastro de las pisadas o quizás de la sangre del soldado que neutralizó de manera tan efectiva.

—Nos han detectado Mario —le dijo con voz firme.

Mario sabía de lo que era capaz el capitán, pero ¿contra cuántos les tocaría luchar?

—¡Tres!, ¡no!, ¡cuatro!, ¡rápidos cómo centellas y vienen directos hacia nosotros! —gritó exaltado y nervioso Mario dando a conocer su posición, irremediablemente su posición.

—¡Mantén la calma y apunta bien con la pistola muchacho, solo tendremos una oportunidad! —le insistió el capitán Ortiz.

—Se acercan muy deprisa y con esta niebla es imposible disparar con certeza, insistió Mario.

—Prepara las armas Mario —contestó el capitán Ortiz sereno.

Cuando los soldados holandeses convencidos de la victoria —por la diferencia de hombres entre ellos y los dos soldados del tercio español— dieron con ellos, rastreando de una forma muy efectiva en aquella trinchera húmeda y ensangrentada, se enzarzaron en un combate cuerpo a cuerpo donde las armas largas de fuego no servían y lo que decidiría aquella batalla sería lo diestros que fuesen con las espadas y los puñales.

El primero en dar cara a la batalla fue el capitán Ortiz, los holandeses se repartieron dos para cada uno de los españoles.

El capitán Ortiz con un paso a contrapié de contrincante se deshizo de él, esquivando una tímida puñalada que solo acertó a la nada, empujando al holandés hacia un lado como si fuese un saco de paja para él, mientras encaraba ya a su próximo contrincante que estaba perplejo de cómo se había deshecho de su compañero tan fácilmente. Mientras tanto Mario, más retrasado a la posición del capitán Ortiz, sacó su pistola alojada en la parte trasera de su chaqueta (escondida para que no se percataran de ella mientras venían a por él), haciendo creer a esos holandeses que sería un trabajo fácil, apuntó temblorosamente y disparó su arma corta, impactando la bala en el hombro del soldado que lideraba el ataque, cayendo este al suelo con un grito de dolor. Su compañero siguió con el ataque, mirándolo brevemente, percatándose de que no era una herida mortal y pronto podría ayudarle a acabar con el soldado español. Mario cambió de mano su pistola humeante y con su brazo fuerte desenvainó su espada batiéndose con el soldado holandés en duelo, mientras tanto el capitán Ortiz también empezó a batirse con la espada, tras unos cruces de acero con el soldado explorador holandés, el capitán Ortiz le hirió de muerte en el pecho; de una estocada precisa en el corazón su enemigo cayó al suelo desplomado, ya sin vida, salpicando las botas del capitán y la cara del compañero holandés caído en el suelo (anteriormente empujado por el capitán Ortiz) se recompuso de su encontronazo y apresurado a prestar ayuda a su compañero holandés que en ese momento yacía muerto ya en el barro, intentó levantarse patosamente del suelo, cometiendo su vez el error fatal que le llevaría a la tumba, al cargar contra el capitán Ortiz sin un plan de ataque previo, movido por la rabia y la impotencia de ver cómo uno a uno iban perdiendo la ventaja inicial que tenían.

Cuando el holandés llegó a la altura del capitán intentando asestarle algún tajo mortal o una puñalada fatal, el capitán Ortiz esquivaba sus ataques como si de un juego se tratara para él, usó su puñal, que con un movimiento rápido apenas se pudo ver detenidamente y le infligió un tajo preciso que le seccionó la yugular y cayó en el campo de batalla junto con su compañero, desangrándose irremediablemente en el barro.

Solo faltaban dos enemigos por silenciar y uno de ellos estaba herido en suelo, el soldado holandés restante —todavía batiéndose en duelo con Mario—, viendo por el rabillo del ojo con el miedo reflejado en el rostro de ver cómo habían terminado sus compañeros mientras se batía en duelo jugando con ese pobre muchacho imberbe y poco diestro con la espada, frunció el ceño y maldijo su suerte por confiar en el aplastante ataque que creían que iban a cometer contra los españoles, ante su inminente final y no por la mano de Mario ya que le sobrepasaba en aptitudes fácilmente, terminó por pedir clemencia a Mario, que se situaba delante de él, implorando su perdón y tirando su espada al barro, consciente de que el capitán Ortiz ya iba a su posición.

—¡Clemencia, por favor! —dijo el soldado holandés con un grito desgarrador arrodillado ante él y bajando la cabeza como signo de sumisión y rendición.

Mario dudó durante un segundo, pensando en lo que pasaría si le dejase huir.

No llegaría muy lejos, no se ve a tres palmos y seguramente tardaría días en llegar a su campamento sin su caballo y sin nadie que pueda socorrerlo, además está herido —pensó Mario para sí mismo. Ese joven soldado se despreocupó de su enemigo que tanto imploraba por no terminar allí su sino, intentando buscar una salida que no fuese la muerte.

—¡Mario!, gritó el capitán Ortiz buscando con la mirada, preocupado por su soldado, después de percatarse de la ausencia del sonido del acero contra acero y temiendo que su compañero hubiera caído en batalla.

Escuchar la voz del capitán Ortiz hizo que Mario saliera de sus pensamientos más profundos sobre qué hacer con ese soldado holandés, arrodillado todavía delante de él, pidiendo clemencia.

—Estoy aquggggg —intentó decir Mario ahogándose ya con su propia sangre.

El soldado holandés había aprovechado la oportunidad del dilema de Mario para sacar un puñal escondido en su guerrera y acabar con él, poniéndose en pie como un rayo, aprovechando que el joven soldado español había bajado la guardia, al pensar que hacer con él y clavando su puñal en el cuello de este, pasándolo rápidamente por su garganta degollándole, tirando a Mario al suelo de espaldas creando inmediatamente un enorme charco de sangre alrededor de su cabeza, poniéndose encima de su cuerpo evitando que pudiera hacer algo contra él, dando fin a su vida entre arañazos, pataleos y arrepintiéndose en el último momento de no haber sido más fuerte y haber terminado lo que había empezado, pues en la guerra todo estaba permitido.

El capitán Ortiz se percató de lo que ocurría y cuando llegó al lugar, ya era demasiado tarde, el soldado holandés estaba encima de Mario ya casi sin vida inmóvil, con la mirada perdida en dirección de donde estaba el capitán Ortiz.

—¡No, Mario! —gritó el capitán Ortiz con la desesperación de ver a Mario inerte en el suelo con la mirada vacía y su enemigo todavía encima.

El capitán Ortiz se abalanzó sobre el holandés quitándoselo de encima, mientras rodaban por el barro agarró la mano en la cual tenía el cuchillo lleno de sangre de Mario y con un movimiento rápido y decisivo desarmó al soldado holandés retorciéndole la mano y partiéndole la muñeca. Ambos se pusieron en pie y gritando de dolor todavía, el soldado holandés mirándose la muñeca destrozada, el capitán Ortiz se acercó rápidamente a él cegado de rabia e ira, le agarró del brazo que todavía tenía intacto y se lo partió por varios sitios golpeando con la empuñadura del puñal en los lugares donde quería partirle el brazo. Ese soldado holandés que minutos antes imploraba por su vida ahora solo parecía un muñeco de trapo inutilizado para la guerra con los brazos colgando de sus hombros inservibles, astillados, ensangrentados solo podía estar rabiando de dolor.

—Ahhhh, ¡maldición! ¿Eso es lo único que sabes hacer?, tu amigo tenía más valor que tú —gritó el soldado holandés con la cara desencajada, llorando por el dolor producido y una mirada oscura, deseando la muerte para evitar más sufrimiento.

El capitán Ortiz se aseguró de tener la situación controlada —echando un vistazo rápido al soldado holandés herido de bala sentado en el suelo mirando al suelo, conmocionado y emblanquecido por la situación temiéndose con certeza su futuro, con su mano izquierda presionando la herida que Mario le había infligido con la pistola y que sangraba profusamente—, dio un paso al frente de forma autoritaria, sin miedo alguno y con un objetivo claro, levantó la pierna derecha hasta la altura del pecho de su enemigo y le asestó una patada en el esternón que se oyó el crujir de los huesos, lanzando a ese soldado que más que un hombre parecía un muñeco sin vida a merced del capitán Ortiz. Se puso encima de aquel soldado, iracundo, arremetiendo contra él unos puñetazos directos a la cara, de tal fuerza le asestó el primer puñetazo que le rompió los dientes, y los sucesivos golpes directos a la nariz con tal descontrol que le aplastó la cabeza como si de una calabaza se tratase, el capitán Ortiz tenía tanta sangre en la cara que apenas se podían reconocer las facciones de su rostro, tan marcadas ya por la edad y la mala vida en los campos de batalla.

Lleno de sangre y trozos de masa encefálica del soldado holandés asesinado, fue rápido a ver a Mario, tendido en el suelo con la mirada vacía de vida y la sangre aun brotándole ligeramente de la herida ocasionada.

—Luchaste bien Mario, eres un digno hijo de España, te recordaré y vivirás en mi memoria, ahora descansa en paz… tu guerra ha terminado —le dijo el capitán Ortiz.

Caminó hacia el otro explorador holandés que apenas se había movido del sitio cargando la pistola que Mario había usado para disparar en primer momento del ataque, cuando estuvo apenas a un metro de él, este miro hacia el capitán Ortiz pero sin mirarle a los ojos, no podía soportar la idea de mirar a los ojos a ese demonio español cubierto con la sangre de sus compañeros, que había acabado tan fácilmente con todos ellos.

—Así es la guerra holandés ,se lleva y acaba con el futuro del mundo llevándose a los más jóvenes y dejando a los viejos como yo pisando esta tierra —dijo el capitán Ortiz moviendo la pistola hasta hacer línea directa de disparo con la cabeza.

Nada dijo el soldado holandés, quizás no entendió lo que el capitán Ortiz quería decirle pues es probable que no hablara su idioma, solo cerró los ojos. Se escuchó el estruendo ocasionado por la detonación de la pistola de Mario y entre una nube de pólvora el cuerpo del soldado cayó al suelo abatido del disparo.

El capitán Ortiz tapó el cuerpo de su compañero con su capa ensangrentada, lo amarró con unas cinchas fuertemente subiéndolo después a su caballo, lo ajustó bien. El capitán Ortiz montó su caballo que fielmente se había quedado allí sin moverse a pesar de todo lo ocurrido, acarició su lomo negro como el azabache y entre la espesa niebla —llevando a su compañero en el otro caballo como un fardo— a través de ese maldito campo de batalla, abandonó aquel campo yermo, devastado por la guerra y la furia de la artillería. Se dirigió a su campamento a dar novedades a sus superiores y enterrar a ese valeroso y joven soldado que la vida dio por su país y su familia.

EL ASEDIO

Ostende, Flandes, años después

La ciudad de Ostende estaba sitiada. En las colinas retumbaban los cañones de los españoles, la nieve se posaba sobre ellos y por el estremecimiento producido por cada detonación de las ramas de los árboles caían pesados cúmulos de nieve.

La muralla se iba desmoronando poco a poco. Una parte de la ciudad estaba en llamas y en las altas torres y muros aparecían brechas profundas, cada impacto levantaba por los aires las tejas, fragmentos de piedra y la nieve que parecía azúcar en polvo.

Algunos disparos se quedaban cortos, entonces incidían en el manto de la nieve y levantaban frías columnas de barro y fragmentos de piedra.

El maestre de campo Francisco de la Riva, máximo oficial de los tercios españoles, un hombre de edad avanzada totalmente canoso con un gran bigote que inspiraba respeto de aspecto atlético para la edad que tenía, con un sentido de la justicia y sensatez muy arraigado, permanecía observando el asedio a través de un catalejo. Cuando les mandaron sitiar Ostende, una de las ciudades más fortificadas de los rebeldes holandeses, ya había previsto que las cosas acabarían de ese modo, en un amargo y sangriento final.

¿Cuántas oportunidades de rendirse habían dado a los rebeldes?

Demasiadas, según el oficial al mando de la caballería Antonio de Aragón, este oficial prestaba apoyo a la infantería del maestre Francisco de la Riva con su caballería pesada.

Al maestre Francisco de la Riva no le cabía duda de que Antonio de Aragón informaría con gozo de aquel asunto en las Cortes.

Antonio de Aragón era un oficial de carrera a golpe de invertir el dinero de la familia en las contiendas de España, un muchacho joven, moreno, de estatura media con una barba que apenas podía taparle parte de su rostro. Llevaba un traje de oficial impoluto, sin remiendos ni manchas; se notaba a la legua que nunca había pisado el barro en el campo de batalla; de familia adinerada, que pensó que servir en los tercios españoles podría servirle para hacerse con unas buenas tierras en países extranjeros y así ampliar el patrimonio de su familia.

A Francisco de la Riva le tenía sin cuidado, para él lo importante era conseguir la victoria y no la gloria que conllevaba. Como maestre, su autoridad levantaba simpatías y nadie ponía en entredicho su lealtad al rey de las Españas. Él creía que la guerra era algo simple, donde la preocupación y la moderación podían llevarle a la victoria con menores costes.

Los diferentes escalones de mando solían ser partidarios de la teoría del desgaste en lo relativo a los ejércitos. Cualquier enemigo podía ser aplastado si uno invertía en suficientes hombres, y para ellos los tercios eran una ilimitada provisión de carne de cañón destinada para ese propósito.

Esa no era la visión de Francisco de la Riva, él había inculcado en el cuadro de oficiales otra idea. Había enseñado al maestre de campo Lucas de Medina —otro soldado que pudo escalar en el escalafón del ejército español gracias a los méritos de guerra que había conseguido con Francisco de la Riva, también de aspecto canoso como él pero sin bigote— Lucas de Medina era un hombre delgado, de estatura alta ,con las facciones de la cara muy marcadas y siempre con un afeitado apurado allá donde fuera, Francisco de Aragón enseñó a sus compañeros y subalternos a valorar a todos y cada uno de los hombres que dependían de sus órdenes.

Francisco de la Riva había estado con esos soldados que ahora combatían desde el principio en aquellos campos de batalla, cada cual más traicionero que el anterior, desde la primera leva en aquellos vastos campos de Castilla, la cual surtía la mejor tropa de toda Europa: los tercios castellanos.

Eran jóvenes valerosos, no le gustaba desperdiciarlos ni que los desperdiciasen sus oficiales con órdenes erróneas.

El maestre de campo Francisco de la Riva, desde su montura miró las hileras de árboles donde los artilleros atendían a las piezas de artillería. Los españoles eran un pueblo fuerte, vestían los ropajes típicos de los tercios de color negro como cuervos, algunos de ellos tenían corazas y cascos, menos los más veteranos que se emplumaban los sombreros y vestían colores vivos para que el enemigo supiese contra quienes iban a luchar: contra la flor y nata del ejército español, los tercios viejos del rey.

Los que atendían los cañones se habían quitado la capa y la guerrera quedándose solamente con la camisola. Resultaba extraño en aquellos nevados páramos, donde el aliento se hacía visible en contacto con el aire, ver hombres moviéndose entre el humo de los cañones solo en camisa, acalorados y enrojecidos por el sudor y el esfuerzo de cargar esas bestias que no dejaban de escupir fuego desde sus cañones.

El maestre Francisco de la Riva conocía sus puntos débiles y flaquezas, sabía la capacidad de hasta el último hombre que se había puesto a sus órdenes, sabía con certeza quién era el más indicado para enviarlo a reconocer el terreno, a atacar en emboscada, a dirigir una carga ofensiva, a explorar en busca de artefactos explosivos, a interrogar prisioneros. Apreciaba a todos y cada uno de los soldados bajo su mando por sus habilidades guerreras.

Él y el maestre de campo Lucas de Medina iban a utilizarlos, a cada cual, de una forma particular, y lograrían una victoria tras otra, cien veces más rotundas que quienes empleaban sus regimientos como blancos de tiro en sangrientos frentes.

Francisco de la Riva no quería ni pensar lo que podía llegar a hacer cuando por fin le otorgaran una acción como aquella a los individuos que fueran como Antonio de Aragón, había que dejar que aquel engreído de cuello almidonado diera rienda suelta a su fanfarronería, que se pusiese en ridículo por sí solo, aquella victoria no le correspondería a él.

Francisco de la Riva bajó de su caballo y entregó el catalejo al sargento mayor.

—¿Dónde está el chico? —preguntó con voz penetrante.

El sargento mayor reprimió una sonrisa, consciente de que «el chico» detestaba que lo llamaran de esa forma.

—Supervisando la artillería de la colina, señor —respondió el sargento mayor.

—Hágalo venir —ordenó, frotándose las manos para intentar entrar en calor—, creo que ya es hora de darle una oportunidad para que ascienda.

El sargento mayor se volvió para irse en busca de «el chico», pero al instante se detuvo.

—¿Para qué ascienda o para que lo asciendan? —preguntó el sargento mayor.

—Ambas cosas, por supuesto —replicó Francisco de la Riva con una sonrisa torcida.

El sargento mayor subió por la ladera hasta los cañones de lo alto de la colina, donde una semana atrás un ataque con los cañones de la ciudad holandesa había arrasado los árboles. Bajo la nieve había quedado todo recubierto de astillas, ramas e incontables hojas.

Ya no habría más ataques como aquel, desde luego. Eso era seguro, las fuerzas holandesas habían perdido la parte de la muralla desde donde habían disparado y ya no disponían de mucha artillería… unos veinte cañones, según habían informado los espías españoles.

El sargento mayor llegó a lo alto de la colina y divisó al «chico». Estaba en medio de los cañones, entregando a los artilleros proyectiles de repuesto, que recogía de unas pilas ocultas bajo tierra a buen recaudo. Alto, delgado y enérgico intimidaba al sargento mayor, «el chico» llegaría a maestre de campo por méritos propios, a menos de que la muerte le reclamase antes.

—El maestre de campo Francisco de la Riva quiere verlo —informó al «chico» al llegar a su lado.

Él tomó otro proyectil de la pila y lo entregó al artillero.

—¿Me ha oído? —preguntó el sargento mayor.

—Le he oído —dijo el alférez-cadete Herrero.

Sabía que lo estaban poniendo a prueba, sabía que la responsabilidad era suya, más le valía no estropearlo.

Herrero era consciente de que tenía que demostrar a Francisco de la Riva que tenía madera de teniente.

Después de recibir la mejor educación e instrucción militar en Valladolid, al resto le tocaría aprenderlo en el campo de batalla y su promoción era algo que dependía directamente de su oficial.

Herrero era un joven alto, corpulento, serio y callado, moreno con el pelo largo y barba de varios días, de forma atlética, con la mirada penetrante. Desde sus primeros momentos en la academia ambicionaba el más alto nivel en la escala militar, confiaba en que el maestre viera su gran potencial ya que Francisco de la Riva le había elegido personalmente a él para entrar a su servicio de entre los miembros más avanzados de su paso por la academia de Valladolid, una vez cumplida la orden del sargento mayor de traer a Herrero a la presencia del maestre Francisco de la Riva.

—¿Ves esa brecha en la muralla?, esa es la entrada que usaremos para atacar a los holandeses, se deben estar retirando a las fortificaciones interiores —le dijo el maestre de campo—. Lucas de Medina y yo destinaremos unas tropas para que pasen por esa brecha y les intercepten el paso hacia las fortificaciones interiores. ¿Estás preparado para hacerlo, alférez cadete?

—Señor, ¿quiere que…? —preguntó Herrero estupefacto.

—Que dirijas la operación, sí. Y no pongas esa cara de asombro, siempre me estás pidiendo que te dé una oportunidad para demostrar tu valía, pues aquí la tienes —le respondió el maestre de campo como si de su hijo se tratase, orgulloso de que encabezara el primer ataque. ¿A quién quieres llevarte contigo? —preguntó Francisco de la Riva.

—¿Elijo yo? —preguntó Herrero con un semblante ya más serio.

—Sí, sin duda tienes el honor de elegir personalmente al tercio que quieras comandar —contestó Francisco de la Riva.

—Los tercios españoles de Castilla sin duda, Rodrigo es un gran capitán y sus soldados son especialistas en el cuerpo a cuerpo, además prefieren morir a retirarse. También quiero que si a alguno le faltase, o quisiera reponer armamento, se le entregara lo que necesite nuevo, sin excepciones —replicó Herrero.

—Buena elección Herrero tendrás lo que quieres, no me decepciones —respondió De la Riva con una medio sonrisa esbozada en su cara, previendo ya el resultado de la batalla.

Así pues, emprendieron la marcha hasta la brecha resguardados por más de una veintena de cañones dándoles fuego de cobertura, disparando sin cesar y así pasar desapercibidos evitando que ningún holandés asomara la cabeza para ver qué es lo que ocurría. Los disparos de la artillería sonaban como pequeños diablos silbando por encima de sus cabezas, pero ninguno de los soldados hacía el gesto de encogerse de hombros cuando alguna bala de cañón se quedaba corta e impactaba contra la muralla llenándolos de polvo y aguantando los pequeños fragmentos de piedra que les caían encima, sabían lo que tenían que hacer, eran soldados profesionales y estaban concentrados en la misión.

Dejaron atrás el fuego incesante de los cañones, se adentraron por unos largos pasillos con grandes ventanales donde los rayos del sol incidían y creaban columnas de luz amarilla a su paso, el viento parecía enfadado pues pasaba por las rendijas de los ventanales haciendo gran ruido. El alférez Herrero iba en vanguardia —tal y como lo hubiera querido Francisco de la Riva— empuñando su pistola con su traje ribeteado en dorado, con su uniforme lleno ya de polvo y piedras. En el sexto corredor por donde avanzaban los españoles, los holandeses detectaron su intrusión e iniciaron su último y desesperado contraataque.

Sobre ellos cayeron varios disparos de los tercios dejando una nube de humo de las armas de fuego, Herrero se agacho y rápidamente se refugió en un saliente de una columna mientras sus compañeros hacían lo mismo con otras columnas y tirando el mobiliario al suelo que había desperdigado en ese pasillo para cubrirse de las balas.

—¿Y ahora qué? —preguntó el musculoso capitán Rodrigo, un hombre alto como un roble de barba frondosa.

—Dame las granadas —le indico el alférez-cadete Herrero.

Iban bien provistos de municiones, Herrero tomó la ristra de granadas y se preparó para lanzarlas.

—Llama a Alberto —le indicó al capitán Rodrigo.

El soldado Alberto se presentó en la posición de Herrero, él sabía que era famoso por su endiablada puntería.

—Colocaré esto donde duela, pero tienes que acertar a darle en pleno vuelo antes de que lo pierda de vista y puedan utilizarlo contra nosotros, lanzaré las granadas a la mitad del pelotón enemigo, estate atento —dijo Herrero.

Alberto asintió preparado ya con su mosquete, sabía que solo tendría una oportunidad. Herrero lanzó la ristra de granadas con un gruñido desgarrador por el esfuerzo de lanzarla tan lejos, sesenta pasos más allá, cuando la ristra de granadas llegó al punto indicado, Alberto disparó su mosquete y con un tiro certero ignorando las balas que le pasaban cerca y golpeaban en los muros y mobiliario haciendo añicos todo lo que estaba a su alrededor, la bala disparada por aquel soldado llegó a su destino estallando la bolsa de granadas y reduciendo a ese pelotón de holandeses a nada más que una pasta rosada de vísceras y huesos.

—¡Perfecto!, excelente disparo —dijo Herrero. Alberto asintió demostrando así que estaba agradecido por su felicitación.

Prosiguieron el avance, entre el humo, los escombros y pedazos de soldados holandeses incrustados en la pared. Las defensas holandesas habían perdido moral. Durante su expedición dentro de la fortaleza se encontraron a Van der Bar, el líder holandés, muerto con el cañón de su pistola en la boca todavía, humeante la cabeza por las fosas nasales y por la cavidad por donde había salido la bala, dejando toda la pared llena de sesos holandeses.

La incursión había terminado, el líder enemigo había sido derrotado y Ostende se rendiría ante los españoles.

Herrero informó de su aplastante victoria al maestre de campo Francisco de la Riva y a Lucas de Medina, el combate había terminado. Luego hizo salir a los prisioneros con las manos en la cabeza mientras las tropas de los tercios se disponían a tomar los puestos de artillería que aún les quedaban, almacenes de munición y provisiones.

—¿Qué hacemos con esta fiera, Herrero? —preguntó el capitán Rodrigo. Hoy eres tú el que está al mando. Mencionó con orgullo, por la gran hazaña de hacerse con Ostende, la ciudad inexpugnable.

Herrero se encontraba desmantelando ya piezas de artillería de Ostende levantó la vista de la pieza de artillería que estaba desmontando.

La muchacha era preciosa, de piel blanca y pelo negro, poco habitual en los holandeses. Hincaba las uñas en los brazos de los soldados que escoltaban fuera a ella y a otros prisioneros mientras los forzaban a avanzar sobre el puente levadizo.

Cuando la mujer vio al alférez-cadete Herrero se detuvo en seco. Él se dio cuenta que había sido la razón por la cual la mujer se había detenido tan bruscamente y esperaba que le insultara, que al menos hiciera por darle un golpe debido a la rabia, pero lo que vio en su cara lo dejó paralizado de asombro. Los ojos de aquella muchacha eran tan profundos como el océano.

—Los holandeses te conocen bien Herrero, ahora toda Europa, hasta las Américas llegará el eco de tu nombre y pagarás por esto —le espetó la chica desconocida.

—¿Cómo sabes mi nombre ? —contestó Herrero nervioso.

—¡Basta! —gritó el capitán Rodrigo cortando a Herrero.

La joven empezó a murmurar palabras sin sentido en otro idioma, desconocido para todos los allí presentes, mientras los soldados se la llevaban revolviéndose y haciendo ruidos naturales de los animales.

—La Santa Inquisición se encargará de ella, ¡lleváosla de inmediato!, no le prestéis ninguna atención —aconsejó el capitán Rodrigo.

—No era más que una hereje, seguramente los espías holandeses conocen mi presencia aquí —contestó Herrero todavía inquieto por no saber quién sería el espía que les había advertido.

—Olvídalo —contestó el capitán Rodrigo

—De acuerdo, lo olvidaré —dijo con voz aún pensativa Herrero.

Pero Herrero nunca lo olvidaría.

EL ASCENSO

Semanas después

Felipe III rey de las Españas hizo llamar a las Cortes de Madrid al recién ascendido capitán Herrero por méritos en el combate. Elogiado por los maestres de campo Francisco de la Riva y Lucas de Medina como uno de los mejores maestres de campo que jamás tendría España después del asedio y gran victoria de Ostende, respaldada por los dos maestres, el rey quería ver a ese hombre que había conquistado la famosa ciudad inexpugnable con tanta eficacia y tan pocas bajas para la corona española. El viaje se le hizo eterno al capitán Herrero, separarse del campo de batalla no es algo que a él le gustase mucho, pero entendía que era un trámite que tenía que pasar para volver a la lucha y cuanto antes lo hiciera antes volvería a luchar.

A su paso por Francia el cónsul quería que se quedara en su casa a hacer noche allí y proseguir al día siguiente, pero al capitán no le gustaba la idea de que nadie supiese que estaba allí y menos después de saber que había espías holandeses que le seguían la pista de cerca y añadiendo que, quizás por la derrota que sufrieron los franceses en San Quintín a manos de los españoles estarían aún recelosos. El capitán Herrero declinó la oferta del cónsul y se alojó en un pueblo pequeño por donde la guerra no había pasado, pero sí las penurias, el hambre y las enfermedades, aun así sin levantar sospecha alguna de su presencia, se hospedó en una tasca de mala muerte, aunque dormiría con un ojo abierto el resto de su vida.

Al día siguiente prosiguió con su camino a las Cortes de Madrid, y cuando por fin llegó, le hicieron un recibimiento que solo les reservaban a los grandes de España, él no lo era aún pero su victoria causó gran revuelo y agitación en la capital.

Todos en la Corte querían hablar con él, ofrecerle sus servicios en cuanto a residencia se refería y así poder preguntarle en privado como llevó a cabo esa gesta. Ninguno de ellos consiguió una palabra del capitán Herrero por más dinero que le ofreciesen, para él eso no era importante, él solo buscaba la gloria y el honor de que España continuara siendo la primera potencia mundial por encima de todas las demás con diferencia.

Cuando el rey Felipe III le dio audiencia en su despacho con grandes ventanales, por donde entraban los rayos del sol calentándolo, lleno de objetos de excelente calidad provenientes de todas las partes de las Españas, dos columnas doradas, una a cada lado de su mesa representando las Américas y Europa; donde había montañas de documentos aún por revisar encima de su mesa—sin duda el rey tenía más trabajo de lo que la mayoría de la gente se pensaba—, quedó estupefacto por lo joven que era aquel muchacho.

—A la orden de su excelencia, majestad —empezó diciendo el capitán Herrero

—Hola capitán Herrero proseguid y sentaos por favor, la alabanza debería ser mía, contadme cómo se desenvolvió la batalla, los maestres Francisco de la Riva y Lucas de Medina se han deshecho en elogios a vuestra persona y lo bien que manejasteis la ofensiva con esa pequeña escaramuza de comando que formaste con soldados del tercio castellano —contestó el rey con un tono de agradecimiento.

—Realmente el mérito del trabajo es de los maestres de campo majestad, si no hubiera sido por ellos yo ni siquiera hubiera podido entrar a través de la brecha, que sin duda fue idea suya, yo solo terminé el gran plan orquestado por los dos genios de la guerra que por suerte tuve como maestres —contestó el capitán.

—Eres un joven muy humilde para con tu gesta capitán, llegarás lejos, sin duda tienes dotes de mando y sabes controlar a los soldados que tienes bajo tu mando.

—Gracias majestad —respondió Herrero.

El rey quedó pensativo unos minutos, mientras el capitán Herrero quedó absorto mirando por unos de los grandes ventanales hacia los jardines que tenía su majestad, viendo como había unos caballos realmente exquisitos, se fijó en uno de ellos que concretamente con los rayos del sol del atardecer anaranjados parecía dorado trotando por esos grandes jardines con sus crines al viento y su poderosa musculatura marcada a cada paso, el capitán Herrero quedo embobado con ese magnífico ejemplar y el rey se percató de ello.

—¿Te gustan los caballos Herrero? —le preguntó el rey

—Son animales magníficos majestad, desde pequeño vivo enamorado de ellos —contestó Herrero.

—¿Cuál de ellos es el que más te agrada?

—Me encanta aquel que trota en solitario bajo este sol del ocaso, parece como si fuese dorado.

—Es maravilloso realmente poder disfrutar de la vista de estos animales tan nobles, he pensado que eres un soldado brillante y muy capaz de llevar a cabo las misiones más peliagudas… contéstame sinceramente capitán, ¿serías capaz de llevar el mando personalmente de los tercios que te asigne? —le preguntó seriamente el rey.

—¿Majestad?, sería un honor para mí poder expandir el imperio español más allá de sus fronteras actuales. Si me ofrece el ascenso lo aceptaré aunque levante envidias entre esta Corte y más allá en los campos de batalla, pero demostraré ser digno de este cargo.

—Así sea pues, desde hoy capitán Herrero pasarás a ser maestre de campo de los tercios españoles, me encargaré personalmente de redactar tu ascenso, estoy seguro que traerás grandes beneficios a la corona. Te daré cinco mil soldados, tres mil jinetes de caballería pesada y mil doscientas piezas de artillería. Tendrás lo mejor de nuestro gran imperio, ¿qué te parece? haz que seamos más grandes todavía de lo que nos estamos convirtiendo.

—Es extraordinario majestad, no se arrepentirá de ello, me pondré a trabajar enseguida, me retiraré para empezar a preparar el siguiente ataque, con su permiso majestad

Ahora el maestre de campo Herrero se giraba, después de la reverencia protocolaria, para marcharse de ese inmenso despacho y emprender de nuevo el viaje a Holanda a proseguir con la guerra, entonces el rey le detuvo antes de que saliera.

—Herrero, espera un momento, ¿has pensado alguna vez en el blasón que tu tercio llevaría? El enemigo tiene que saber quién les va a derrotar ¿no?, y algo más importante todavía, llévate ese caballo que tanto te gusta y cuídalo bien, es un noble animal.

—Majestad, me deja sin palabras, no sé si merezco tanto como me está dando muchas gracias, no le fallaré traeré la gloria a su reinado, en cuanto al blasón…nunca me imaginé al venir aquí que terminaría siendo ascendido y con un tercio a mis órdenes, no tengo nada pensado pero será el primero en conocerlo sin duda, lo diseñaré personalmente —dijo Herrero orgulloso por lo mucho que el rey confiaba en él.

—Así sea, ahora proseguid con vuestro camino maestre Herrero, espero tener buenas noticias suyas en breve.

Ahora el maestre Herrero estaba más confiado que nunca, pronto sus enemigos conocerían su nombre y temblarían cuando vieran los estandartes de su tercio ondeando al viento a las puertas de sus ciudades o en campo abierto, junto al mejor ejército de todo el mundo, ahora el maestre se dirigiría de nuevo a la guerra de donde nunca se quiso ir.

De camino al campamento el recién nombrado maestre Herrero creó su blasón, entre las decenas de paradas que tuvieron que hacer de camino a Holanda diseñó los últimos detalles que representarán al tercio. Tal y como prometió al rey se componía de la cabeza del caballo que le había regalado —de color marrón claro pero que con la luz del ocaso se veía dorado, que tanto le impresionó al verlo galopar por aquellos jardines verdes— detrás del bordado de ese caballo dorado se centraba la Cruz de Borgoña, de color rojo como la sangre, que significaba lo que habían derramado sus hombres y compañeros en pasadas batallas sobre un fondo negro para que resaltasen los colores de su blasón. Ese sería el blasón del tercio que conquistaría Los Países Bajos e hizo enviar una copia de este al rey Felipe III de las Españas.

EL FUEGO DE LOS CAÑONES

Acampados en alguna parte de Flandes,
semanas después

El campamento del maestre Herrero estaba bien fortificado y asegurado por sus centinelas además de exploradores constantemente en patrulla por el perímetro. Para acceder a la tienda de campaña del maestre, de sus oficiales y al puesto de mando, tenías que atravesar todo el campamento puesto que se encontraba en todo el centro del mismo rodeado de las tiendas de sus soldados, todo el campamento estaba bien cubierto de tablones en el suelo para evitar el barro y la suciedad que provocaba, había estandartes del maestre de campo Herrero en muchos lugares haciéndose así un orgullo llevarlo y verlo por doquier, había incluso soldados que llevaban ese blasón cosido en las mangas de sus guerreras bien curtidas en batallas como orgullo de pertenecer al tercio del maestre Herrero.

Jorge Sancho, mensajero del tercio, era un hombre calmado y discreto en cuanto a la correspondencia se trataba, nunca sabías si traía un mensaje importante de altos cargos o simplemente un informe de contabilidad, en este caso, traía noticias frescas del frente que con urgencia tenía que entregar al maestre Herrero. Cuando llegó a la tienda de este estaba Máximo, el sargento mayor que ayudaba al maestre, tal era su complicidad y pasaban tanto tiempo juntos, que muchas veces preparaban el asedio y la organización militar, era su mano derecha sin duda alguna.

—Tengo un mensaje importante, ¿ha dormido bien el maestre? —preguntó Jorge Sancho.

—No ha dormido —le respondió el sargento mayor Máximo— ha estado esperando informes de los exploradores y otros documentos toda noche, no sabemos qué está ocurriendo fuera de este campamento.

Jorge Sancho se mantuvo titubeante a la entrada de la tienda con el informe de espionaje todavía intacto, el sello de lacre que aseguraba que la información allí escrita no había sido modificada ni vista por nadie que no fuese su autor.

—Pasa y siéntate —le vociferó el maestre Herrero.

Herrero estaba en la parte trasera de la tienda, donde tenía un pequeño espacio de descanso, donde solía echar alguna cabezada para recuperar algo de energía, pero salió pálido con signos de cansancio debido a la noche en vela por espera de primera mano de esos informes de exploración y hacer las cuentas de los pagos de los soldados. Vestía los pantalones del uniforme y una camisa blanca con los tirantes tensados, indicó a Jorge Sancho que tomara asiento frente a él en la mesa de campaña.

El maestre Herrero era un hombre alto y duro y eso imponía respeto a todo aquel que se pusiera frente a él, Jorge Sancho le tenía en alta estima ya que conocía lo que había sido capaz de hacer ese hombre y lo que todavía le quedaba por hacer, le pareció que estaba más cansado que nunca, pero seguro que él sería capaz de sacar adelante cualquier empresa que el rey le encomendara.

—Siento interrumpirle, maestre —se disculpó Jorge Sancho.

—No te preocupes Jorge, en realidad llegas justo a tiempo —le respondió Herrero.

Jorge Sancho dudó preguntándose si en realidad estaba bromeando.

—Hablo en serio —afirmó Herrero— ¿qué noticias nos traes?

—No lo sé señor yo solo los llevo de un sitio a otro, nunca pregunto lo que pone —respondió.

Mientras Herrero se sentaba en su silla quitaba el lacre de la hoja de papel del documento, lo abrió agitando el manuscrito en el aire y leía las nuevas noticias, Jorge Sancho apartaba la mirada hacia otro lugar.

—Seguro que tú y los demás os preguntáis cuánto tiempo vamos a pasar en este campamento inmóviles —comentó el maestre Herrero con una sonrisa, la verdad es que no puedo decírtelo, esto es una guerra de desgaste, podríamos permanecer aquí durante meses. Después de una breve pausa. Pero no va a ser el caso…

—¿Señor? —preguntó Máximo.

—El ataque es inminente señores, no sé en qué momento, pero vienen por nosotros a este asqueroso agujero —respondía el maestre Herrero.

Jorge Sancho estaba a punto de responder cuando se hizo audible el aullido de una de las primeras balas de cañón.

Herrero brincó de su asiento y se giró cogiendo rápidamente su arma colgada en la funda, en un gancho que solían usar de perchero, y después cogió su espada amarrándosela a la cintura rápidamente.

—¡Alerta, alerta!, ¡preparados para la resistencia máxima! —gritó el maestre Herrero saliendo de su tienda alertando a sus soldados.

Jorge Sancho salió como alma que lleva el diablo a refugiarse en una trinchera cercana construida por el tercio, las andanadas de proyectiles irrumpieron en el campamento. Detrás de Jorge Sancho se escucharon los chillidos de unos soldados que habían sido alcanzados, una de las balas de cañón les cayó silbando ante él lanzando las piedras de la tierra —que parecía metralla— dejando grandes agujeros en las tiendas cercanas y a su vez produjo un cráter. Bajo la lluvia que había empezado a caer de manera torrencial, convirtiéndolo todo en barro, Jorge Sancho se descolgó el mosquete y buscó otra trinchera que estuviera más a cubierto y donde poder disparar. Había frenéticas carreras, pánico y oficiales gritando a los soldados lo que debían hacer.

Jorge Sancho trató de trepar por la trinchera para asomarse al borde y poder ver las posiciones del enemigo o al menos ver de dónde salían los fogonazos de la artillería. Lo único que llegó a ver fue una neblina espesa de humo y barro en el suelo.

Se oyeron más balas silbando, una de ellas impactó en el centro de la trinchera, los gritos se volvieron más viscerales, ya no estaban luchando solo sobre el barro, ahora también luchaban sobre los cuerpos despedazados de sus compañeros.

Jorge Sancho, encomendándose ya a su Dios cristiano, se limpió la cara de barro y las vísceras de sus compañeros intentando hacer blanco en alguno de sus enemigos que parecían sombras moviéndose, oyó un grito tras él, una voz potente que resonó en todas las trincheras parecía hacer temblar el campo de batalla. Al girarse vio al maestre Herrero con su uniforme al completo, con un rostro de pura furia empuñando en una mano su pistola y en la otra su espada.

—¡Por el rey y por las Españas!, ¡ahora nos ha llegado el turno de luchar!, ¡mantened vuestras posiciones!, ¡que no cese el fuego de cobertura!, ¡no les deis la oportunidad de hacer un blanco fácil! —gritaba el maestre Herrero.

Jorge Sancho sintió que se le renovaba el ánimo, como a sus compañeros de trinchera que estaban luchando a su lado, viendo al maestre Herrero luchar junto a ellos en el barro, por duro que fuese el ataque tenían fe en él. De pronto todo se paralizó cuando una andanada de cañones les levantó por los aires junto con el fango sintiendo un dolor desgarrador, había varios muertos. Jorge Sancho permanecía tumbado en el suelo lleno de tablones, astillas y barro, una mano lo levantó del suelo de un solo tirón como si no pesara nada, alzó la cabeza y vio al maestre Herrero que le observaba con una expresión alentadora.

—¿Durmiendo soldado? —le preguntó el maestre de campo Herrero.

—No señor… yo… creo que me han hecho volar… yo… —contestó Jorge Sancho todavía aturdido.

El estruendo de los mosquetes seguía restallando en todo el campamento mientras el maestre Herrero ingeniaba un plan para salir de aquella trampa con vida.

—Ha llegado el momento de luchar soldado —le dijo el maestre Herrero

—Cuente conmigo señor —respondió Jorge Sancho.

Herrero salió de la trinchera para dirigirse a los demás.

—¡Hombres de las Españas!, ¿queréis vivir para siempre? —gritó el maestre.

La respuesta de todo el tercio enmudeció a los cañones del enemigo.

—¡Por las Españas! —gritó todo el tercio al unísono.

Los cañones y mosquetes enemigos seguían escupiendo fuego, los españoles salieron de la trinchera y emprendieron su camino hacia la gloria, la muerte o lo que quiera que les aguardase entre el humo de los cañonazos.

LA ESTRATEGIA

En otro campamento a varios kilómetros

Los estruendos de la artillería holandesa alertaron a otros campamentos alejados varios kilómetros del campamento del maestre Herrero, dando la voz de alarma y reuniéndose de manera urgente los altos cargos militares para estudiar la forma más plausible de auxiliar a sus compañeros y hermanos que preveían estaban siendo atacados en ese mismo momento tan brutalmente.

Presidiendo la mesa de acción, con un mapa de la zona, el por aquel entonces ya maestre de campo Antonio de Aragón, promocionado en su cargo —sin duda— por las grandes influencias de su familia en la corona española, viejo conocido del maestre Herrero.

—¿Qué demonios está ocurriendo?, ¿quién está a cargo de los exploradores? —preguntó el maestre Antonio de Aragón con una inquietante voz.

—Yo, mi señor —respondió el capitán Manuel de la Rosa.

Manuel de la Rosa era uno de los capitanes más veteranos y respetado explorador del regimiento, era un hombre fuerte con una cicatriz en la cara de una espada holandesa que intentó quitarle la vida.

—¡Explíqueme que está sucediendo capitán! —le vociferó el maestre Antonio de Aragón.

—Las trincheras occidentales, las defiende el tercio del maestre de campo Herrero; usted le conoce mi señor, fue el oficial que tomó Ostende respaldado por los maestres Lucas de Medina y Francisco de la Riva —contestó el capitán Manuel de la Rosa.

—Así que al tercio de Herrero lo han despertado sin contemplaciones esta madrugada. Los holandeses siempre dejan pasar unos cuantos días de descanso para que nos confiemos y después ponernos a prueba y atacar otro flanco hasta encontrar el eslabón débil de nuestro ejército —dijo el maestre Antonio de Aragón— los soldados que comanda el maestre Herrero son buenos luchadores, tengo entendido.

Manuel de la Rosa se acercó a Antonio de Aragón entrelazando las manos por detrás de la espalda.

—Son buenos soldados y el maestre Herrero, junto con sus hombres, ha tenido una buena actuación en varias incursiones hasta llegar aquí y están considerados una tropa de élite por parte del rey —explicó Manuel de la Rosa.

—¿Los conoce?

El maestre levantó la vista del mapa clavándole los ojos con curiosidad.

—Sé algo de él señor, lo conocí en una campaña pasada. Su idea del mando no coincide con la mía, piensa igual que sus antecesores Francisco de la Riva y Lucas de Medina —contestó el capitán Manuel de la Rosa.

—No le cae muy bien, ¿verdad, de la Rosa? —preguntó el maestre Antonio de Aragón.

El maestre era capaz de leerle el pensamiento al capitán como un libro abierto, percibía un profundo resentimiento hacia el maestre Herrero siempre que salía su nombre, el valiente alférez que ascendió directamente a maestre por méritos de guerra... Él conocía la causa por la que no le tenía mucho aprecio, había leído los informes y también sabía que el capitán De la Rosa nunca lo mencionaría.

—Con franqueza mi señor, no. Es un maestre pero por el azar del destino ha conseguido el mando de un tercio entero, el rey le concedió audiencia privada, yo comprendo la función que desempeña un maestre de campo pero me desagrada su manera de mandar. Es compasivo cuando debería ser duro con el enemigo y exigente con sus hombres. De todas formas es un maestre del cual nos podemos fiar —comentó el capitán Manuel de la Rosa.

—Yo no confío en otro oficial que no sea yo, si veo clara la victoria no la confío en otras manos. Usted tiene a sus tropas listas en reserva si no me equivoco, ¿no capitán? —preguntó el maestre Antonio de Aragón.

—Los tengo acampados listos para apoyar un ataque en cualquiera de los flancos —respondió el capitán de la Rosa.

—Vaya con ellos y ordene que se preparen para la batalla —dijo el maestre.

Acto seguido fue al mapa y marcó en él diversas líneas, cómo tenían que avanzar las tropas del capitán por la orografía escarpada del lugar.

—Llevamos demasiado tiempo aquí parados y estoy impaciente, esta guerra debería haber terminado hace meses. Esos protestantes holandeses se han dejado ver esta madrugada con una fuerza muy superior a otras ocasiones y les llevará varias horas hacerse con el tercio de Herrero, que seguramente pueda aguantar ataque de esos infieles a la Iglesia Católica, pero le costará muchas bajas a los hombres del maestre Herrero; traiga a sus hombres del este y córteles el paso. Considere a los hombres del maestre Herrero como una fuerza de choque y abra una brecha en sus defensas principales, quizás así podamos darle la vuelta a la batalla y conseguir una gran victoria para nuestro imperio.

El capitán Manuel de la Rosa estaba más que contento con las órdenes, le estaban dando la oportunidad de que sus hombres fueran la pieza angular en la consecución de la victoria y así no dejar toda la gloria de la batalla y la victoria al maestre Herrero. Se regodeó con la idea de que Herrero y sus hombres fueran utilizados y sacrificados bajo los cañones enemigos en favor de su propio honor y reconocimiento. Cuando el capitán De la Rosa estaba a punto de salir de la tienda, se detuvo durante un segundo, se giró, volvió a mirar el mapa y señalando con el dedo índice en una zona concreta dijo:

—Es una zona muy amplia por cubrir, ¿y si los hombres del maestre Herrero se acobardaban? Mis hombres quedarían expuestos a los ataques de los infieles holandeses —dijo el capitán De la Rosa.

El maestre Antonio de Aragón meditó durante un instante, ¿cobardía?, que palabra más ruin la que empleó Manuel de la Rosa para referirse a Herrero y sus hombres.

—¡Sargento mayor! —exclamó el maestre Antonio de Aragón.

Entró el sargento que aguardaba paciente en la puerta de la tienda haciendo su servicio de protección al maestre, cuadrándose ante Antonio de Aragón que redactó unas órdenes en un manuscrito cerrado con lacre y se las entregó al sargento.

—Haremos venir a mi caballería pesada para que apoyen a Herrero y sus valientes con el fin de que el ejército holandés retroceda hasta las llanuras. De esta forma nos aseguraremos de que quede libre el flanco durante todo el tiempo que tarden tus hombres en entrar en combate Manuel de la Rosa. Sargento, haga llegar las indicaciones pertinentes al maestre Herrero rápido, dele instrucciones de que luche hasta el final. Su deber no es solo ya aguantar, tiene que presionar y avanzar desde las trincheras, debe sacar esos infieles. Informe que es una orden dictada personalmente por mí —terminó diciendo el maestre Antonio de Aragón.

El capitán Manuel de la Rosa esbozaba una ligera sonrisa, ya de victoria, pues ahora tenía la espalda bien cubierta y el maestre Herrero estaba obligado a enzarzarse en una batalla en la cual era poco probable que saliera con vida al final del día. El sargento saludó a su maestre de campo y se marchó a cumplir las órdenes designadas. Manuel de la Rosa también se dispuso a pensar en ultimar sus preparativos.

EN LAS TRINCHERAS

Todo el tercio ahora tenía una misma línea de batalla contra los holandeses y les hacían frente con todo el valor del que disponían. El sargento mayor Máximo miró a su alrededor en esa cruenta batalla después de cargar como valientes hacia la humareda de los cañones e intentar hacerse con las trincheras más alejadas de su campamento. A su alrededor el aire estaba turbio debido a los cañonazos y disparos efectuados; aún no había tenido tiempo de efectuar ningún disparo cuando varios soldados del tercio se precipitaron a su lado resguardándose del fuego de los mosquetes enemigos, eran los soldados Armando, Fran, Carlos, Álvaro y Jacobo, todos pertrechados con sus corazas de conquistadores españoles, el violento fuego no daba tregua al tercio español.

El sargento mayor se puso a observar, asomando ligeramente la cabeza fuera de la trinchera, los holandeses estaban disparando con otra fila cañones de artillería pesada para apoyar a su infantería que estaba abriendo una brecha en el avance del tercio. Máximo se fijó en Armando, que toqueteaba el mosquete con nerviosismo.

—¿Qué ocurre, soldado? —le preguntó.

—Tengo barro en el mecanismo del gatillo señor, no puedo disparar.

Fran le arrebató de las manos el mosquete y consiguió abrir la recámara y limpiársela de barro, de un golpe la cerró y efectuó un disparo en dirección al denso humo que se encontraba delante de ellos.

—Ves ya funciona —le dijo Fran devolviéndosela.

Armando cogió el mosquete ya arreglado y se arrastró hacia el borde de la trinchera.

—Estaremos muertos antes de haber avanzado unos metros —pronosticó Jacobo.

—¡Por todos los demonios!, entonces tendremos que acobardarlos —exclamó el soldado Álvaro.

Sacó de su bolsa de combate un puñado de granadas y las repartió entre sus compañeros, el sargento mayor Máximo sonrío ligeramente a sus hombres mientras se disponía a encender la mecha de su granada teniendo cuidado con la lluvia para que no estropeara el artefacto.

—Álvaro tiene razón, a ver si los hacemos retroceder —dijo el sargento mayor.

Acto seguido, lazaron las granadas hacía la posición de los holandeses —todos juntos— esperando que la metralla hiriera a la mayor parte de los holandeses que allí estaban, quebrando su ejército. Sonó una deflagración múltiple, entonces todos salieron de la trinchera raudos para atacar con el factor sorpresa y la desorientación que debían de tener esos soldados holandeses en ese momento.

Los españoles cubrieron un pequeño trecho, después de eso se encontraron con las marcas de las detonaciones de sus granadas junto con trozos de sus enemigos esparcidos por la trinchera, entre el humo se encontraron otro par de soldados con los cuerpos casi desmembrados por la explosión de las granadas, los remataron sin contemplaciones sacando sus cuchillos y así ahorrando balas, Armando y Carlos revisaron los cadáveres.

—Tienen buenos mosquetes, alguna granada se ha salvado de la explosión, granadas y también munición —dijeron ambos.

Miraron al sargento mayor Máximo.

—Sí, son duros estos cabrones, ¿qué esperabais?, nos han estado plantando cara durante años.

De repente el fuego se centró en ellos pues llamaron mucho la atención con su acción heroica. El sargento mayor Máximo les indicó rápidamente que se pusieran a cubierto. Casi en ese mismo instante una bala de gran calibre, de cañón, alcanzó a Álvaro en el hombro desplazándolo varios metros hacia atrás y arrancándole el hombro de cuajo cayendo él en un lugar diferente del lugar donde quedó parte de su brazo.

—¡Fran!, ¡Armando!, ¡atiendan a Álvaro! —ordenó el sargento mayor Máximo.

Armando, que tenía nociones de enfermero, le puso unos vendajes que había sacado de su mochila de combate mientras Fran intentaba arrastrarlo por la coraza hasta un sitio más seguro y a cubierto del fuego holandés.

—Sargento, ¡no puedo parar la hemorragia! —espetó Armando.

Mientras veía como su amigo y compañero Álvaro apenas parecía enterarse de lo que realmente le había pasado; todavía en shock del golpe y la pérdida de sangre, con el estridente ruido de los cañonazos sonando de fondo, los disparos de sus compañeros, tumbado boca arriba; las gotas de la lluvia golpeaban su cara y en el último momento de lucidez dándose cuenta por fin de lo que había ocurrido, sabiendo que para él había llegado el final gritó de forma desgarradora:

—¡Por España combatimos!, ¡por España moriremos!, ¡hasta el final, malditos holandeses!

Y con su última arenga de batalla, Álvaro dejó de luchar esa mañana en la que el sol salía por el horizonte.

Mientras tanto por encima de las protecciones de las trincheras embarradas, las balas españolas y holandesas volaban en todas las direcciones con la pólvora quemando el aire a su alrededor, haciendo hervir las gotas de lluvia que tocaban los mosquetes al ser disparados.

El sargento mayor Máximo, controlando su rabia y las ganas de salir a pecho descubierto a acabar con esos malditos que mataron a su compañero Álvaro, se quedó pensando un instante planeando el siguiente asalto a seguir sin que tuviera que lamentar más bajas de sus compañeros o la suya propia.

—Tenemos que llevarlo de vuelta a casa señor —dijo Fran con lágrimas en los ojos corriendo por sus mejillas, ya que todos eran como hermanos y se preocupaban mucho unos de otros.

—No, no podemos llevárnoslo de momento, tenemos que ganar esta batalla o si no todos acabaremos como Álvaro en el fango. Acomodarlo lo mejor posible sin que nadie más que nosotros sepamos que está ahí para volver a por él sin que haya sufrido más de lo necesario su cuerpo —dijo seriamente el sargento mayor Máximo.

—¿Qué hacemos, mi sargento? —preguntó ansioso Armando mientras la lluvia empezaba a cubrir las trincheras de agua hasta empezar a llegarles por los tobillos.

—Tenemos que asaltar la siguiente trinchera como sea, aprovecharemos las columnas de barro que levantan las balas de cañón que impactan contra el suelo y el caos que eso produce para cogerlos por sorpresa —dijo el sargento mayor

Máximo, consciente del riesgo que eso supone para él y sus hombres.

—No se diga más sargento, iremos con usted hasta que la muerte nos lleve o consigamos la gloria por nuestros actos — dijeron todos y cada uno de sus subordinados.

Todos estaban expectantes a la lluvia de artillería como les había dicho el sargento mayor, aguardaban para que —cuando él diera la orden salir bajo el manto de barro y piedras— puedan coger por sorpresa a esos rebeldes holandeses. ¿A quién se le ocurriría tal estrategia suicida?, solo a un genio que pensaba en cómo acabar lo antes posible con esa batalla dando un golpe maestro que sentenciara todo por lo que esos años habían sufrido los españoles en la guerra.

En otra parte de la cruenta batalla de las trincheras se encontraba el maestre Herrero que después de haber cruzado con su pelotón la espesa humareda que dejaban los mosquetes al ser disparados, evitaba con sus hombres ser alcanzado por las balas enemigas. Todos cruzaron por la mitad del campo de batalla como si fueran unos locos con ansias de querer morir saltaron sin contemplaciones dentro de las trincheras donde se escondían los holandeses.

El maestre de campo Herrero saltó a la trinchera el primero, consciente de que allí posiblemente ya se encontrara con algún grupo de soldados holandeses y detrás de él le siguió todo un pelotón. Al caer dentro de la trinchera pisó la cabeza al primer holandés protestante con el que se topó distraído sin mirar al frente. Tras aplastar la cabeza a su enemigo con sus botas llenas de barro, echó mano de su espada y blandiéndola a diestro y siniestro hizo trizas a los soldados que allí estaban tan desprevenidos como su compañero, sin esperar que un puñado de hombres estuvieran tan locos de cruzar por la mitad del campo de batalla para llegar hasta ellos. Toda la trinchera se llenó de sangre y partes del cuerpos desmembradas pero otro soldado holandés se abalanzó sobre el maestre blandiendo su espada desesperadamente con el objetivo de matar algún soldado español, entonces Herrero desenfundó su pistola alojada en la cartuchera de la parte de atrás de su espalda y ya con su pistola en la mano, pero consciente de que debido a la lluvia y al barro podía haber quedado inutilizada, alzó su pistola hacia la cara de aquel soldado y apretó el gatillo; sonó el estallido y la cabeza de aquel protestante holandés se evaporó y en vez de una lluvia normal, por unos instantes, parecía que estaba lloviendo sangre del cielo, quedando a su vez el cuerpo en el fango convulsionando, todavía su sistema nervioso no sabía que estaba muerto.

Aquel era el enfrentamiento más violento en que habían estado él y sus hombres, atrapados en las trincheras por un ataque sorpresa de su enemigo sin tiempo a reaccionar, intentando contener el incesante avance de sus enemigos.

Después de una cruenta batalla por aquella trinchera, en la que los españoles parecía que iban ganando terreno frente a los holandeses, después del incesante griterío, de los llantos, de las súplicas de clemencia, después de toda la sangre derramada por ambos bandos, el pelotón del Maestre Herrero se hizo con aquel punto del campo de batalla. Herrero se estremeció al ver que muchos de los soldados contra los que estaban luchando eran niños o jóvenes imberbes que no habían conocido el calor de mujer todavía, eso le hizo pensar en lo desesperados que tenían que estar los holandeses para realizar un ataque semejante.

Mientras tanto en la otra parte de la larga trinchera se encontraba el sargento Mayor Máximo esperando su oportunidad junto a sus soldados. Cuando no podía haber más tensión y ante el silbido de una bala de cañón cercana que impactaría en el lugar idóneo gritó potentemente:

—¡Vamos muchachos!, ¡por España!

Cruzaron valerosos todos ellos, con las espadas desenvainadas y las pistolas apuntando al frente. La gran columna de barro y fango ignorando los proyectiles en forma de piedras que esta gran columna lanzaba a todas partes. Los holandeses una vez más, sorprendidos por la valentía de los españoles al llevar a cabo tan arriesgada maniobra pudiéndole costar la vida a todo el pelotón, intentaron reaccionar los más rápido posible. El sargento mayor Máximo apareció ante los soldados holandeses gritando, intentando ensartar al primer enemigo que se le cruzara y un soldado holandés esquivó la estocada del sargento mayor Máximo; el holandés se precipitó hacia Fran, que estaba inmediatamente detrás del sargento mayor, pero Fran ya estaba prevenido pues había visto el movimiento de su sargento mayor. Con la inercia que llevaba de la carrera asestó una patada frontal y el soldado holandés chocó contra la pared de la trinchera cayó al suelo donde el soldado Fran, sin más demora, clavó su espada en el pecho y siguió adelante dejando atrás ese lecho fangoso donde yacía su última víctima. Los compañeros de este soldado holandés fueron pasados también a cuchillo de forma muy sencilla para los españoles.

La batalla fue frenética por la conquista de la trinchera pero esencial para la victoria. Siguieron avanzando por la trinchera acabando con sus enemigos, con los ánimos reforzados y una rabia inconmensurable por la pérdida de uno de sus hermanos de sangre. El pelotón del sargento mayor se encontró más adelante con cuerpos de más soldados holandeses muertos. Máximo inspeccionó los cuerpos e intentó coger un mosquete que estaba en el suelo, propiedad de un soldado holandés agonizante todavía aferrado a él como un loco, ese soldado enemigo se abalanzó sobre el sargento mayor Máximo cayendo los dos al barro, forcejeando con su último suspiro el protestante holandés sintió como un objeto punzante le atravesaba la camisola llenándose de sangre y barro, sintiendo asfixiarse, ya que el cuchillo del sargento mayor le había entrado en el pecho; el soldado holandés escuchó un susurro del mismísimo Máximo…

—Ya está soldado, se acabó, descansa en paz y que tu dios te cuide shhhh, descansa… no luches más...

El soldado no entendía nada del idioma castellano, aun así parecía ser que en el último momento ese hombre encontró la paz antes de dejar de luchar, reconfortado por el sargento mayor.

Jacobo un soldado de lo más grandes, en cuanto a envergadura se refiere, con brazos como cañones, un hombre muy corpulento, levantó al sargento del suelo en cuestión de un segundo —lo levantó a plomo— agarrándolo de su coraza y sacándolo de esa trinchera rezumante de agua fangosa.

—¿Qué tal está, mi sargento mayor? —preguntó Jacobo.

—Bien Jacobo, gracias por levantarme de ese apestoso suelo, sigamos adelante y acabemos con esto de una vez, aquí tenemos aliados así que cuidado con los disparos —dijo el sargento mayor.

Unos cuantos metros más adelante se escuchaban sonidos de lucha y gritos de batalla, se encontraron en la misma trinchera con el maestre de campo Herrero luchando fervientеmente contra más holandeses. El corazón y el pecho del sargento mayor Máximo y sus soldados se hincharon de alegría al verlos vivos, desde que cargaron a través del humo temiendo que hubieran caído en batalla. Mientras el Maestre Herrero luchaba junto con su pelotón en retaguardia escuchó un grito capaz de silenciar los cañonazos:

—¡Por las Españas, maestre!, ¡cargar muchachos!, ¡ayudémosles!

El maestre Herrero se giró y vio a su querido sargento mayor Máximo.

—¡Cuánto ha tardado sargento! —le recriminó el maestre de forma jocosa —¿hasta que no has terminado el barril de vino no has venido a ayudarnos? —bromeó el maestre con su sargento mayor, con una sonrisa esbozada en el rostro.

Viendo que el sargento mayor había pasado por un calvario como el suyo; pues venía todo su pelotón con la ropa hechas jirones, incluso alguno con la cara desencajada y más de una herida por la metralla; el maestre Herrero intentó que sus subordinados evadieran los pensamientos negativos acerca de la muerte.

—Ya me conoce Maestre —continuó la broma el sargento mayor entre risas.

Los holandeses que estaban en ese momento luchando contra el maestre Herrero y el sargento mayor Máximo recientemente unido al pelotón, no podían creer lo que estaban viendo: los españoles se estaban riendo, estaban de cháchara mientras luchaban cuerpo a cuerpo. Ellos estaban luchando por su vida, no podían creer la parsimonia que mostraban esos hombres que parecía que, en vez de estar en una batalla arriesgando su vida, estuvieran hablando como si en un burdel se encontraran hablando de sus cosas, carcajeándose, situación que terminó por hundir —más de lo que ya estaba— la moral del pelotón holandés.

Hartos de sufrir esa escena en sus carnes, los soldados comenzaron a gritar:

— ¡Retirada!, ¡Salvar vuestras vidas!

Y en cuestión de segundos los soldados holandeses huyeron en desbandada dejando atrás su territorio tan ferozmente defendido contra los españoles, desoyendo los gritos de sus oficiales y suboficiales. Finalmente no quedó ni un solo soldado protestante para defender ese punto de la trinchera, los españoles —en cambio— se veía como recuperaban fuerzas y moral. La retirada holandesa les dejaba un pequeño descanso para poder recobrar un poco el aliento ya que la mayoría de ellos estaba exhausta por la gran contraofensiva que habían llevado a cabo hacia las trincheras, quizás la más cruenta y salvaje que habían vivido hasta entonces todos juntos.

El ejército holandés se batía en retirada creando un tapón en la única escalera que había para salir de aquella trinchera; los soldados intentaban subir por las paredes de la trinchera y algunos resbalaban y caían al suelo donde morían aplastados por las pisadas de sus propios compañeros hundiéndoles la cabeza en el barro inconscientemente. La trinchera se había convertido para muchos en su tumba, entre barro y el agua acumulada de lluvia, se asfixiaban.

—Mirar lo que he encontrado —gritó Jacobo.

—¡Un esmeril! —acertó a decir el sargento mayor intuyendo su figura, aunque estuviera cubierto de barro—. ¡Seguro que uno de estos maldecidos fue el que lo disparó y mató a nuestro camarada Álvaro! —terminó diciendo el sargento mayor.

—¡Al suelo! —gritó con fuerza Jacobo lleno de ira después de haber escuchado la causa de la posible muerte de su compañero y amigo—. ¡Ellos sufrirán lo mismo por lo que nos han hecho pasar a nosotros! —decía al tiempo que agarraba el esmeril con el cual les habían atacado posteriormente.

El sargento mayor Máximo se arrodilló y se tapó los oídos con fuerza, murmurando para él y rezándole a la Virgen que acertase con su disparo y que no le estallara el esmeril en las manos, ya que Jacobo no era conocido por su gran puntería, pero si por su tosquedad.

Jacobo disparó su voluminosa arma hacia la escalera de la trinchera. Del impacto del cañonazo se levantó una columna de barro mezclado con pedazos de carne y rocas. No era frecuente que acertara a la primera, pero en aquellas condiciones no era posible fallar.

A su derecha estaba el maestre Herrero, riéndose a carcajada limpia, bajo una lluvia de sangre que el disparo de Jacobo había causado.

—¡Avancemos muchachos! —dijo el maestre Herrero, tenemos más trabajo por hacer.

Después de varios minutos explorando las trincheras, el maestre estaba furioso y con esa fuerza de odio arremetía contra sus enemigos sin dar cuartel a ninguno de ellos. Sus soldados a los que tanto admiraba y tanto respeto tenía estaban exhaustos, el sargento mayor era consciente de ello y así se lo hizo saber a su maestre.

—Señor, con todos mis respetos, dejemos a estos soldados que descansen un momento ya que han luchado con honor, solo un pequeño respiro para que recobren el aliento —dijo el sargento mayor Máximo.

El maestre consciente también de ello aceptó un descanso por un breve momento para que recobraran el aliento, aunque no sin vigilar que no les sorprendiera el enemigo descansando, eso era crucial. Los soldados españoles se relajaban bajo la lluvia y los estruendos de los cañones y las voces lastimeras de los soldados heridos o malheridos, de repente se oyó una voz de alarma en la retaguardia.

—¡Atención!, ¡se acerca alguien por la retaguardia montado a caballo! —gritó fuertemente Fran, que se encontraba vigilando en ese momento.

Todos los soldados se levantaron como un resorte, cogieron rápidamente su arma y tomaron posiciones. Parte de los soldados de pie y la otra parte con la rodilla en el barro para así tener más potencia de fuego encañonando en la dirección de dónde provenía la advertencia.

—Preparaos muchachos, pero no disparéis hasta que dé la orden —dijo el Maestre.

Cuando de entre la intensa lluvia aparece el mensajero del maestre Antonio de Aragón montado a lomos de un caballo negro magnifico, ¡nada más y nada menos que un sargento mayor de su tercio!, debía ser importante la información ya que esos menesteres los solían hacer militares de menor rango.

—¿Qué nuevas trae sargento mayor? —le preguntó Herrero, sin darle tiempo a desmontar del caballo.

El sargento mayor desmontó del caballo, rebuscó en su mochila y le entregó al maestre el mensaje del maestre Antonio de Aragón:

—Esto es para usted de mi maestre, son órdenes del cuartel general.

El maestre Herrero procedió a romper el lacre, mientras lo abría bromeaba con sus soldados. Es el segundo mensaje que recibo en menos de cinco horas, a ver si este me trae buenas noticias. Riéndose junto con sus soldados sabía —en su interior— que no eran buenas noticias ya que Antonio de Aragón nunca había estado de acuerdo con él.

El maestre Herrero usó su capa negra llena de agujeros de balazos, desgarrada y llena de barro y sangre de forma que la lluvia no pudiera dañar el mensaje que le traían, ocultándose así también de las miradas indiscretas de sus soldados o del sargento mayor que había traído el mensaje. Una vez leído el mensaje completo, miró a sus soldados que permanecían sentados bajo la torrencial lluvia expectantes de saber qué es lo que ponía, o cuáles eran las órdenes escritas en ese documento aunque fuera confidencial solo entre mandos. Herrero procedió a resumir el mensaje a sus hombres:

—Bien, hijos de mala madre —empezó diciendo el maestre, bajo las tímidas sonrisas y chanzas de sus soldados—, aquí dice que no solo tenemos que resistir en el campamento, que tenemos que tomar posiciones avanzadas y enfrentarnos al fuego de artillería enemiga —se quedó mirando a sus soldados y empezó a reírse bajo esa tormentosa lluvia—, ¿y qué se piensa Antonio de Aragón que hemos estado haciendo? —preguntaba a sus soldados— ¿tomando el té como los británicos?, ja, ja, ja.

Todos y cada uno de ellos se reían a carcajada limpia mientras el sargento mayor, que les había llevado el mensaje, no daba crédito a que el maestre les dijera lo que había en el mensaje y menos fuera a burlarse de lo que en él se había escrito. Mientras continuaba resumiendo, el maestre con el semblante cada vez más serio e incluso se podía percibir la rabia y la furia que en él estaba generando, siguió comentándolo.

—Bla, bla, bla, también pone que nos enviarán refuerzos de caballería y el capitán Manuel de la Rosa nos ayudará con su caballería. Pues si se descuidan un poco lo único que van a recoger son los cadáveres, los que dejemos nosotros a nuestro paso —siguió carcajeándose el maestre tras los vítores de sus soldados—. Tome sargento mayor devuélvale este mensaje a su maestre Antonio de Aragón.

Herrero escupió en el mensaje que le habían escrito y lo envolvió de nuevo, acto seguido se lo entregó al sargento mayor y le dijo:

—Intenta que llegue el mensaje entero, no lo pierdas por el camino.

Todos quedaron asombrados ante la reacción de su maestre. Solo era posible oír el tintineo de las gotas pegando contra las corazas que llevaban algunos de sus soldados en ese día que a pesar de que era de día el humo de los fogonazos y de los cañones, ocultaban el sol haciendo parecer que estaba llegando el final del día.

—¡Nosotros no somos la carne de cañón!, ¿qué quieren que seamos esos hijos de puta?, ¡somos la tropa de elite del imperio español y no vamos a morir porque unos chupatintas quieran llevarse el mérito!, que vengan aquí y sangren cómo todos nosotros por sus medallas, ¿o no es cierto, soldados?

—¡Sí, maestre!, ¡hasta el final! —gritaron todos como fieras.

Todos los soldados que comandaba Herrero gritaron incesantes, como leones rugieron al ver que su maestre cuidaba a sus soldados como a su propia vida y ellos estaban dispuestos a entregar la suya propia por ese hombre. El Sargento mayor que fue a llevar el mensaje quedó más atónito todavía —si era posible— después de ver esa demostración de compañerismo, esa hermandad con la que muy pocos contaban y menos en la guerra; incluso él mismo quiso gritar como los demás soldados aunque no fueran de su tercio por las palabras tan inspiradoras. La fuerza con la que hablaba ese maestre era nunca vista en otros de su misma posición, otros que solo querían quedarse en su tienda esperando el reporte de bajas y llevarse las medalla. El sargento mayor —desde ese momento— supo que el maestre Herrero vencería al ejército que fuera porque sus soldados harían lo que fuese por él.

El maestre Herrero estaba furioso porque Antonio de Aragón le había ordenado tomar las trincheras sin miramientos, ¿quién se creía que era para ordenar algo a otro maestre de su misma graduación?, ¿hacerlo sin más?, ¿aunque les costara la vida a todos sus hombres y a él mismo?, ¿con una orden draconiana sin importarle nada más que su propio beneficio?

Herrero no había desvelado todo el contenido a sus hombres, ya que si lo hubiera hecho la moral de esos valientes se vendría abajo. Solo habían luchado contra una pequeña fracción del ejército holandés y lo peor venía después. A diferencia de Antonio de Aragón, Herrero comprendía los mecanismos de la moral y el ánimo.

Ahora estaban tomando las trincheras, casi a pesar de las instrucciones de Antonio; la risa de Herrero era la risa de la rabia que le daba el mensaje que le habían hecho llegar, reía por el resentimiento y el orgullo porque sus hombres hacían lo posible por llevar a cabo lo que él les había ordenado, porque llegarían a hacer incluso lo imposible por el maestre Herrero. Finalmente se pusieron en marcha, los soldados dejaron de descansar y se equiparon pertinentemente para volver de nuevo a la lucha contra su enemigo, y el sargento mayor que vino con el mensaje se marchó por donde había venido a través de la todavía la espesa niebla que se había formado por la humedad del ambiente y la lluvia. Cien metros más adelante el sargento mayor Máximo pasó a la carga con su pelotón para culminar la acción en las trincheras, dio orden de disparar a discreción mientras avanzaban con las bayonetas caladas y en ristre. Se produjo un revuelo de disparos y el centellear de las espadas chocando con las bayonetas de los tercios.

Armando todavía empuñaba el rifle cuando Herrero se lo quitó de las manos y lo arrojó al suelo.

—¿Crees que eres un soldado, muchacho? —preguntó el maestre.

—¡Sí, señor! —contestó Armando.

—¿De verdad? —replicó Herrero.

—Usted sabe que lo soy.

Herrero miró al chico, imberbe todavía, y sonrió con tristeza.

—Puede que lo seas, pero por ahora se ha terminado tu lucha, quédate detrás de mí y sobrevive para luchar otro día más.

Todos lucharon ferozmente, parecía que estaban acompasados a la hora de pelear y hundir sus bayonetas en el enemigo. El soldado Jacobo se limitó a soltar una sonrisa mientras ponía a punto el esmeril que consiguió antes del enemigo, mientras sus compañeros le cubrían sabiendo el daño que podía causar esa arma. De un momento a otro se escuchó un gran estruendo debido a que el esmeril del soldado Jacobo hizo saltar a unos pobres diablos por los aires. Otros soldados españoles oyeron el gran estruendo que ocasionó Jacobo, precedido de unos gemidos de dolor y desesperación que se extendían por todo el campo de batalla. Esto levantó el ánimo de las fuerzas españolas bajo el mando del capitán Félix, otro oficial del tercio del maestre Herrero, de aspecto fino y con una gran diplomacia. Todos se acercaron pisando los cadáveres de los infieles codo a codo con sus soldados. Mientras que todo hacía parecer que la batalla se decidiría por los españoles, de la nada surgieron varios proyectiles enemigos que hicieron saltar por los aires al capitán Félix y sus muchachos; el capitán salió propulsado por los aires debido a una explosión junto a él que elevó una gran columna de barro en el suelo creando un cráter de dos metros por cinco metros de ancho. El capitán Félix aterrizó con violencia en el suelo, como si fuera un pelele sin vida, se quedó tumbado, inmóvil. Todo indicaba que su pelotón pudiera haber caído en esa explosión y posiblemente los compañeros que junto a él luchaban: Fran, Jacobo y otros. Mientras tanto, las balas de cañón seguían cayendo; el capitán Félix hundido hasta la cabeza en el barro habiéndosele pasado ya la conmoción del impacto y sintiendo en su cuerpo el dolor de tal violenta caída y cercana explosión, rezó en silencio quitándose el barro de la cara para que el Altísimo le diera las fuerzas necesarias para poder salir con vida de aquel infierno.

Muy lejos de allí el maestre Antonio de Aragón se sobresaltó al oír el gran estruendo que había causado esa última explosión saliendo de su tienda a observar la pequeña parte del campo de batalla que apenas se podía ver desde su posición, alcanzó a ver cómo las detonaciones de los vastos emplazamientos de la artillería enemiga daban comienzo a la matanza de los españoles, en ese momento se dio cuenta de que después de todo, aquel día no sería el día decisivo en el cual los holandeses se rindieran a los españoles. Con un suspiro y como si esa guerra no fuera con él volvió a entrar en su tienda de campaña y se sirvió una taza de café, se sentó en su mesa de mando sujetándose la cabeza con la mano que le quedaba libre esperando nuevas noticias del frente.

LA AVANZADILLA

En otra parte de las trincheras el capitán Fernando, un hombre sencillo de familia humilde, gran conocedor de las tácticas militares y armamento, pertenecía al tercio del maestre Herrero. Había oído tan de cerca la última explosión que el corazón se le acongojó solo de pensar la cantidad de soldados que se habría llevado por delante ese miserable y planificado ataque. El capitán Fernando avanzaba con tres pelotones que se habían reunido allí debido a la desorientación, como pollos sin cabeza ante el primer ataque de los holandeses y el poder de ataque de la artillería enemiga.

Hacía ya cinco largas horas que había comenzado el ataque enemigo con las balas y los aullidos de los cañonazos volando sobre sus cabezas y esa dichosa e interminable lluvia que complicaba el avance de todas las tropas parecía no tenía fin, y las dudas de qué hacer con esos pelotones le perseguían, no sabía si el maestre Herrero estaba vivo y en el caso de que estuviera vivo, ¿qué debía hacer?

El capitán Fernando mandó a varios hombres explorar el terreno, fueron seleccionados por su rapidez y astucia a la hora de pasar desapercibidos: César, Bernardo y el sargento de reconocimiento Matías. Envueltos con sus capas negras, los tres soldados se alejaron por la polvorienta oscuridad que habían creado las detonaciones de tantas armas de fuego, la visibilidad disminuía también por la cantidad de lluvia que estaba cayendo. El sargento Matías señaló mediante gestos —en silencio por el temor de que hubiera tropas holandesas cerca las acumulaciones de humo— a César y Bernardo que comprendieron al instante que allí se centraba una pieza de artillería, puesto que era donde más humo se acumulaba; pero estaba lejos y les tomaría bastante tiempo el llegar hasta allí sin ser descubiertos o sin dar la voz de alarma. Después de observar la actividad de las tropas holandesas ocultas retrocedieron para informar al capitán Fernando. Mediante gestos, el sargento explorador Matías se comunicó con su capitán para advertirle del posible emplazamiento de una gran pieza de artillería, el capitán Fernando hizo un gesto para que el sargento Matías prosiguiera con su misión, tenía potestad para ello puesto que en ausencia del maestre Herrero, él era quien tomaba el mando del tercio por antigüedad.

El capitán Fernando, junto al resto de los pelotones, continuó por otros caminos durante varios e interminables minutos, por otras trincheras diferentes. El capitán Fernando fue consciente de que no había obtenido aún noticias de los exploradores y la pieza de artillería a la que fueron a incapacitar seguía escupiendo fuego. Seguían a ciegas, igual que al principio, pero con menos hombres.

Avanzando cautamente por la bifurcación derecha, por la que habían estado caminando, el capitán Fernando condujo al puñado de hombres que le quedaba, dos de los soldados con la vista más aguda iban en vanguardia. Precavidos, puesto podrían salir enemigos de cualquier lugar, esos holandeses habían demostrado fervientemente que sabían luchar. Unos metros más adelante de repente se escuchó cómo un objeto humeante caía a los pies de los soldados que iban en vanguardia.

—¡Atrás! —gritó uno de los soldados de vanguardia al ver que se trataba de una granada rudimentaria.

El artefacto hizo explosión después de que los primeros que iban en el pelotón dieran un salto hacia atrás tirándose todos al suelo tapándose la cabeza y encogiéndose para así tratar de evitar que la metralla les alcanzara partes vitales.

Después de que el humo de la explosión desapareciera no se encontraron con ninguna resistencia por parte del enemigo, al parecer solo querían ir diezmándolos hasta reducir su grupo al máximo antes de atacarles.

El soldado de vanguardia Daniel, que se encontraba cerca del artefacto, recibió debajo del cuello un fragmento de metralla que se le hundió en la carne, con una mueca de dolor se dejó caer de rodillas en el fango de la trinchera; el sargento Corral llamó al médico que rápidamente le aplicó un vendaje.

—No es nada, señor —aseguró Daniel, mientras el capitán Fernando lo ayudaba a ponerse en pie de nuevo—. En Ostende me atravesaron una bayoneta en la pierna —terminó comentando el soldado Daniel.

—Y en el campamento le clavaron una botella rota en una pelea en un bar, ha visto cosas peores —bromeó un soldado amigo suyo.

A su alrededor los hombres se echaron a reír, el capitán Fernando asintió para indicar que estaba de acuerdo con ellos. El soldado Daniel era un soldado popular que mantenía alta la moral del pelotón con sus canciones y su buen humor, era un magnífico activo para el tercio del maestre Herrero.

—Ha sido un error mío Daniel, te debo una bebida —afirmó el capitán Fernando.

—Como mínimo mi capitán —contestó Daniel antes de cargar con su mosquete para demostrar que estaba en condiciones de proseguir.

Siguieron avanzando y llegaron a un sector de la trinchera afectado por un proyectil, o una explosión, que había causado un cráter monumental. En el fondo se estaba acumulando ya bastante agua, obstáculo que habría que rodear con cuidado pues interrumpía el paso por la trinchera. Precedido de los dos exploradores, el capitán Fernando dio orden de cruzarlo cuidadosamente siendo él, el primero en hacerlo. Después de que pasaran todos los soldados cuidadosamente y sin peligro alguno por las paredes de aquel gran cráter continuaron con su expedición; unos metros más adelante se encontraron con una escalera que subía y daba paso a salir de las trincheras para así incorporarse al campo de batalla despejado. El sargento Gustavo, un hombre extremadamente cauto que estaba en el pelotón del capitán Fernando, se detuvo ante las escaleras y decidió ser el primero en echar un vistazo por encima de la protección que la trinchera les brindaba. Cuando el sargento Gustavo pudo asomar la cabeza sin peligro, a pesar de la intensa lluvia y el humo, vio a uno de los soldados que habían mandado en el primer grupo de expedición hacia la pieza de artillería que no cesaba aun de escupir fuego.

—¡Es César!, pero qué demonios hace allí sí ellos tomaron la otra bifurcación de la trinchera —acertó a distinguir el sargento Gustavo.

Fernando se asomó con premura, y antes de que apartara la vista, vio que estaba empalado de una pica y con un gran boquete en el pecho, como si le hubiesen torturado antes de ejecutarlo.

Aunque apenas habían tenido resistencia hasta ese punto estaba claro que el enemigo estaba allí y les estaba acechando desde cualquier parte. Seguramente fueran soldados enemigos rezagados ya que habían acabado con la mayor parte de la resistencia, aunque el capitán Fernando no estaba convencido de ello del todo.

Por su cuenta y riesgo el capitán Fernando salió de la trinchera a recuperar el cadáver de su soldado aun exponiéndose a que fuera una trampa de los holandeses; no era de agrado ver cómo uno de sus hombres estaba allí colgado como un pedazo de carne torturada. Llevó de vuelta el cuerpo del soldado César, él solo, al resguardo de la trinchera y con su propia capa lo envolvió para que los demás soldados no vieran por el sufrimiento que había pasado.

—¡Sigan adelante! —ordenó al sargento Gustavo.

Gustavo abrió la marcha con todos sus sentidos puestos a lo que pudiera suceder a continuación, mientras el capitán Fernando aguardaba allí con el cuerpo de su soldado unos instantes más.

—¿Cómo es posible que acabaras aquí, César?, ¿dónde están los demás?, os he mandado a la muerte, lo siento amigo... dijo desconsolado el capitán Fernando haciéndose a la idea de las atrocidades que le habían hecho pasar.

Corral, un cabo del tercio con muchos años de guerra a sus espaldas, barba muy tupida y fuerte carácter se detuvo junto al capitán Fernando.

—Era un hombre valeroso mi capitán, seguro que no dijo ni una sola palabra de nuestra posición, pero tenemos que pensar la posibilidad que debido a las heridas sufridas por esos mal nacidos quizás les contara algo por poner fin a su sufrimiento —dijo el cabo Corral.

Y como si le hubiera picado un insecto en la espalda el capitán Fernando se giró vertiginosamente agarrándolo por la pechera dispuesto a empezar una pelea, pero en un segundo se detuvo y pensó que quizás tuviera razón y no había motivo alguno para pensar lo contrario; podría ser una opción posible ya que les habían atacado desde las sombras sin que nadie se percatara de que allí hubiera nadie.

—Lo aclararemos todo cuando esto termine, cabo Corral —dijo todavía agarrándole de la pechera—. Disculpa por este arrebato.

El capitán Fernando soltó a Corral cuando se percató de cómo habían podido llegar hasta ahí si Matías, Bernardo y César habían ido por otra dirección diferente, ¿acaso estábamos avanzando en círculo?, el socavón de antes... ¿era una trampa para nosotros?, ¿dónde están Matías y Bernardo?, se preguntaba el capitán Fernando constantemente sin encontrar respuesta a sus pensamientos.

—¿Lo oye mi capitán? —preguntó el cabo Corral.

—Corral, que si oigo ¿qué? —contestó todavía enfadado por ver al soldado César abatido de manera tan ruin—, ¡solo oigo los incesantes temblores de los cañones disparando sin descanso y el retumbar de los explosivos!, y esta maldita lluvia que no cesa —terminó diciendo el capitán Fernando.

—Tambores de batalla mi capitán, oigo tambores —dijo el cabo Corral.

FUEGO DE GUERRA

En otra parte de la trinchera donde se encontraban
el Maestre Herrero y sus valientes.

—¡Tambores! —exclamó el soldado Carlos poniéndole la mano en el hombro al maestre para llamar su atención y que él también se percatara de escucharlos.

Al cabo de un momento el maestre Herrero también captó el sonido de los tambores de guerra.

—¿Avanzan por retaguardia?, ¿o quizás es el eco y están en frente de nosotros? —preguntaba el maestre Herrero.

—¡Nos aplastaran cómo sea así, señor! —dijo el soldado Carlos preocupado por su vida y la de sus compañeros.

Las trincheras que recorrían llegaban ya a su fin unos metros más adelante, menos por el lado este donde continuaban unos cientos de metros más.

—Tendremos que aguardar y esperar un momento más a ver si vemos algo con esta maldita lluvia. ¡Lanceros a vanguardia!, los demás cargar y mantener los moquetes en posición de ataque, no sabemos qué es lo que se nos viene encima, avancemos poco a poco hasta el final de la trinchera —terminó ordenando el maestre Herrero.

Todos sus subordinados cumplieron la orden sin rechistar y lo más cautelosamente posible fueron saliendo de las trincheras para enfrentarse a lo que les deparaba más adelante. Todos estaban ansiosos por saber qué es lo que finalmente pasaría después, en ese momento solo se escuchaba el tintineo de la lluvia golpeando sus armaduras y el jadeante aliento de los soldados cansados por la batalla que cada uno había tenido que librar por salvar su vida y el peso del equipo que llevaban. Esperaban nerviosos, conscientes de que quizás el retumbar que estaban escuchando era la caballería pesada enemiga que les terminaría por aplastar.

Cuando de repente una gran explosión hizo retumbar el suelo fangoso, a lo lejos al final de las trincheras que parecían terminar al este de su posición, surgió una gran columna de fuego precedido de un humo espeso, negro, que ocultaba los pocos rayos de sol que conseguían pasar entre la lluvia. La llamarada hizo brillar todo el campo de batalla, los hombres que se hallaban esperando por las órdenes del maestre quietos como estatuas no sabían siquiera qué había pasado, el maestre Herrero se percató de que eso que había explotado posiblemente era una pieza de artillería holandesa que llevaba machacando a los españoles toda la mañana.

—¡Hermanos!, eso que ha explotado, deduzco, es un puesto de artillería enemigo —observó detenidamente el maestre Herrero.

Los doscientos cincuenta soldados que estaban detrás del maestre en formación para el posible ataque enemigo que se avecinaba hincharon sus pulmones y al unísono gritaron: ¡uh!, ¡uh!, ¡uh!, estaban exaltados. Sin perder en ningún momento la posición defensiva hicieron que su feroz grito de guerra se escuchara por encima de los bombardeos y del mismísimo retumbar de los tambores aproximándose a su posición.

Los españoles habían llegado más lejos de lo que habían podido llegar a pensar al principio de la mañana, no solo habían conseguido rechazar el ataque enemigo por sorpresa de su campamento, si no que habían llegado a superar las trincheras con mucho esfuerzo y sangre, bajo unas condiciones climatológicas nefastas. Aunque el maestre Herrero se percató de que las líneas enemigas habían sido abandonadas por los holandeses —como si la mayoría de ellos se hubieran retirado de forma precipitada ante su avance y pese al continuo bombardeo de los cañones enemigos— consideraba que habían cometido un error al haber retrocedido demasiado dejando la seguridad de las trincheras; aunque todavía pensaba en por qué habían retrocedido con tanta premura, quizás fuera una trampa para poder acabar con ellos dando a pensar a los españoles que habían ganado para así poder atacarlos con la guardia baja. Al maestre Herrero no le hacía ninguna gracia pensar eso, ya que si fuera así estaban totalmente perdidos, pues su tercio estaba aún disperso por los distintos frentes de la trinchera y no eran suficientes soldados como para aguantar un ataque bien organizado en campo abierto.

Por fin, después de aguardar en formación un interminable tiempo para los soldados españoles oyendo cada vez más cerca los tambores de guerra, se vislumbraba a través de la lluvia la perfecta formación de los holandeses. Eran tantos y tan bien pertrechados que sin duda los españoles al mando del maestre habían caído en su trampa atrayéndolos al final de las trincheras a campo abierto, donde no tenían cobertura alguna y serían fáciles de eliminar.

Les habían puesto en bandeja sus cabezas y ahora solo quedaba la rendición o la lucha. El feroz estruendo de los tambores paró y un hombre de estatura pequeña, a lomos de un gran caballo blanco, sin duda era el general del ejército holandés que les había tendido la trampa, se adelantó a la formación del ejército enemigo, hinchando su pecho exclamó en su lengua materna:

—¡*Overgave*! —gritó el general al mando de los holandeses desde el otro extremo del campo de batalla, precedido de las risas y carcajadas de su vasto ejército que se encontraba detrás de él.

—¿Qué dicen esos mal nacidos maestre? —preguntó Jacobo, cargando al hombro el esmeril con el que tantas bajas había causado.

—No lo sé Jacobo, pero te prometo que se lo sacaremos a golpes —dijo el maestre—, prepárense para la batalla soldados va a ser un día glorioso para nosotros, ¡esta batalla será recordada durante siglos!, ¡hagamos que se oiga el eco de nuestros nombres a lo largo de la historia ganando esta escaramuza!

Los doscientos cincuenta soldados españoles se encontraban en formación sin moverse un ápice bajo la insistente lluvia, calados hasta los huesos y envueltos en una trampa bien tejida por sus enemigos. Ninguno de los allí expectantes, frente al aciago destino que les aguardaba, tenía el más mínimo gesto de pena o derrotismo, más bien todo lo contrario. Si debían morir esa misma mañana oscura como la noche, lo harían, pero lo harían como valientes soldados del imperio español, con honor y sin temor a morir en el campo de batalla, por eso eran la mejor tropa de élite de todo el mundo, porque eran los más valientes que jamás ninguna nación había conocido.

Los holandeses, en el otro extremo del campo de batalla, estaban dispuestos a acabar con aquel pequeño contingente de españoles y dieron la orden de aplastar a todo español vivo con una voz de su general fuerte y clara:

—¡*Ga je gang, dood ze allemaal*! —gritó el general holandés.

El ejército holandés se precipitó a la carrera a por los españoles, todavía inmóviles y tranquilos ante lo que se les venía encima.

El maestre Herrero sabía que sus fusiles no tenían efectividad desde la distancia en la que se encontraban, por eso el ejército holandés cargaba con todas sus fuerzas al combate cuerpo a cuerpo.

—Necios… los muy locos cargan con todo lo que tienen, no saben de lo que somos capaces de hacer, ¡somos letales cuerpo a cuerpo! Cuervos negros del imperio español nos llamaran hermanos… porque no vamos a dejar a nadie con vida, ¡les arrancaremos el alma uno a uno! —gritó el maestre con los ojos inyectados en sangre de furia.

Mientras, los soldados españoles golpeaban sus lanzas y espadas contras las corazas holandesas llenándose de valor por momentos.

—¡Avanzad en punta de la lanza!, ¡no rompáis la formación!, ¡llegaremos hasta el corazón de su formación, estaremos rodeados, pero le cortaremos la cabeza a la serpiente!, ¡quizás tengamos alguna oportunidad de salir con vida de aquí!, ¡como dicen nuestros hermanos y antepasados por todo el mundo, Santiago y cierra España!, ¡vamos!

Ambos ejércitos estaban a la carga, gritando como locos para intentar desmoralizar a su enemigo antes de llegar al gran choque final entre las dos fuerzas, donde habría multitud de bajas.

***

Unos minutos antes de la carga del valiente maestre Herrero y sus hombres.

En las trincheras orientales donde se encontraba el capitán Fernando.

—Es cierto Corral, se escuchan tambores de guerra —confirmó el capitán Fernando anonadado por los incesantes contratiempos que estaban surgiendo.

—¿Serán nuestros refuerzos? —preguntó.

—No lo sé mi capitán, pero espero que así sea, al menos que nos puedan dar un respiro de esta amarga mañana —contestó el cabo Corral.

—El sonido viene del noroeste, sin duda alguna, aunque con este temporal es complicado para saberlo con certeza, creo que están por esa zona de más adelante —comentó el capitán Fernando.

—Hacia el noreste se desviaron el sargento Matías y el pequeño pelotón que mandó con él, mi capitán —aclaró el sargento Gustavo.

—¿Entonces quizás sí que podrían ser ellos los de los tambores?, ¿quizás para despistar al enemigo?—preguntó el cabo Corral.

—Puede ser, pero si no son de los nuestros, y con el grupo tan disperso, no tenemos muchas más opciones —aseguró el capitán Fernando.

Tras un momento de incertidumbre y de debatir sobre qué hacer ante esta nueva situación que les aguardaba, se escuchó una violenta explosión en el noreste que hizo que parte de la trinchera se desmoronara. Una gran columna de fuego y humo negro ascendió a los cielos precedido de gritos de dolor, desesperación y entre esos gritos se podía percibir muy livianamente gritos de lucha casi imperceptibles, celebrando la explosión.

—¿Habrá sido Matías? —preguntó el sargento Gustavo.

—Desde luego la pieza de artillería que había explotado es a la que se dirigía con César y Bernardo —afirmó el cabo Corral.

EL SACRIFICIO

Una hora antes

Cuando el equipo de exploración encabezado por el sargento Matías se separaba del capitán Fernando y tomaban rumbos diferentes.

—Id con mucho ojo soldados, estamos en territorio enemigo, si tenéis que matar a alguien intentad que sea en silencio para no alertar a los demás, o si no estaremos perdidos —instruyó el sargento

—Sí, mi sargento —contestaron Bernardo y César al unísono.

El pequeño comando de tres salió de la protección de la trinchera e iba explorando cada centímetro del trayecto.

Tras varios cientos de metros recorridos se detuvieron en un montículo que les serviría de cobertura al encontrarse con su primer problema: habían visto como estaban preparando unos cartuchos de dinamita a los lados de la trinchera para que, previendo pasaran por allí los españoles, poder sepultarlos y rematarlos más tarde sin ningún tipo de resistencia, desde luego era un plan astuto y desmoralizante para el tercio.

—Tenemos que hacer algo con eso mi sargento, no podemos dejar que nuestros amigos caigan en una trampa tan vil —dijo César.

Pero el sargento Matías ya estaba trabajando mentalmente en un plan a, un plan b y un plan c para poder eliminar a esos hombres y proseguir con la misión sin peligro.

Había un total de cuatro soldados holandeses, dos de ellos estaban muy entretenidos haciendo los agujeros en los márgenes de la trinchera para poder meter ahí los cartuchos de pólvora, otro estaba pendiente de que la mecha quedara bien recubierta y seca para que cuando la prendieran llegara sin problemas a su destino e hiciera explosión como tenían planeado. Había un cuarto hombre que estaba vigilante, atento a los movimientos que pudiera haber alrededor, cubriendo a sus compañeros para que pudieran trabajar sin problema.

—Escuchad, yo sé hablar holandés, pero no se me da muy bien, ¿alguno de vosotros sabe hablarlo perfectamente? —preguntó el sargento Matías.

—Yo lo hablo con soltura mi sargento —respondió rápidamente César.

César era un joven todavía poco experto en la batalla, pero sabía moverse bien en situaciones difíciles y siempre salía airoso de las trifulcas. Era un chico alto y rubio con los ojos azules, no podía ser más perfecto para esta misión ya que se parecía mucho a los holandeses.

—Bien César, atento, lo que tenemos que hacer es eliminar y suplantar primero, al vigía, sin hacer ruido para que los demás no se enteren de que está muerto. El momento perfecto es cuando más alejado está de sus compañeros haciendo la ronda, seguro que ya no está tan alerta como al principio y ni siquiera nos esperan aquí. Después te pondrás su capa e irás a preguntar a los otros tres cómo va el trabajo de los explosivos, entonces los tendrás que distraer hacia el lado contrario del que estamos nosotros para que podamos cogerlos por la espalda, acabaremos con ellos de un plumazo. No nos quedan más que quinientos metros hasta la pieza y cada vez será más difícil llegar a ella —dijo el sargento Matías.

—De acuerdo mi sargento, vamos a por ellos, creo que es un buen plan, ¿tú qué piensas Bernardo? Estás demasiado pensativo —preguntó César.

—Creo que va a salir bien, malditos locos, vamos a hacerlo —dijo Bernardo.

Bernardo era un hombre pequeño, pero con mucho carácter, poco hablador, moreno con una barba espesa y unas cejas muy pobladas; siempre estaba dispuesto a ayudar a sus compañeros en batalla y en la taberna a beberse la cerveza de sus compañeros hasta la última gota.

Cuando el vigía enemigo estaba en el punto más alejado de sus compañeros, César empieza a reptar por el barro hasta su enemigo, cubierto con su capa negra, teniendo máximo cuidado de no llamar mucho la atención. Mientras el sargento Matías y Bernardo observaban con inquietud la difícil maniobra para poder acabar con ese vigía, el sargento Matías era un experto explorador, siempre con un cuchillo a mano por si tenía utilizarlo o lanzarlo rápidamente a cualquier enemigo, silencioso y mortal así era el sargento Matías, también moreno como Bernardo pero mucho más extrovertido y leído ya que le encantaba leer sobre todo estrategias de combate de los antiguos romanos. El sargento Matías era de familia adinerada pero nunca dijo a nadie lo que tenía o no, era uno más como sus compañeros, no quería favores ni servidumbre, solo quería servir a su patria.

César se quedó a escasos metros del soldado enemigo holandés, en la poca protección que le daba un pequeño arbusto que había en el camino pero con el que pudo mimetizarse bien. Como le habían enseñado años atrás en las maniobras de combate singular, cuando el vigía se dio la vuelta para dirigirse con los demás, César se levantó silenciosamente sacando el cuchillo lentamente de su funda colgada del cinturón de su pantalón, afianzando cada paso con la mirada puesta en el enemigo como un tigre a punto de atacar, se abalanzó sobre él y con una punzada en la garganta para impedir la voz de alarma —y bajo el estruendo que ocasionaban los cañonazos— sacó su cuchillo del cuello propiciando un gran chorro de sangre que regó el suelo, acto seguido asestó varias puñaladas más en el pecho para terminar de acabar con su vida, rápidamente el soldado holandés dejó de patalear. Habiéndole asestado una de las puñaladas en el corazón, ágilmente César se puso la capa y sombrero de aquel soldado para parecer uno de ellos y caminó como lo hubiera hecho el antes en las demás rondas.

Los otros tres soldados estaban hablando entre ellos, bromeando e imaginándose cómo iban a terminar los españoles cuando pasaran por ahí, cada uno decía una manera diferente de cómo iban a rematar a los que quedaran vivos, cada cual más brutal y despiadada.

César consiguió sobrepasar a esos hombres dejando al sargento Matías y a Bernardo a la espalda de los holandeses tal y como estaba planeado, llamó su atención.

—¿Os falta mucho?, ¡tenemos que movernos ya! —les increpó César.

Los soldados holandeses se quedaron estupefactos, esa no parecía la voz de su compañero, no sabían realmente que estaba pasando, ¿por qué hablaba de repente así? Los tres soldados holandeses dejaron de hacer lo que estaban haciendo y se levantaron alertados por la extraña situación.

—¿Qué te ocurre? —le preguntó un soldado holandés, mientras se acercaban los tres a hablar con él.

El sargento Matías y Bernardo dejaban su posición privilegiada y se acercaban rápido, pero sigilosamente, por detrás de ellos con el cuchillo entre los dientes, reptando, de barro hasta las cejas, solo se podía ver de ellos el blanco de los ojos, como una manada de lobos acechando a su presa, dispuestos a hacer un ataque relámpago y eliminar así la amenaza.

—*Gerlach*, ¿qué te pasa amigo?, ¿por qué estás tan sucio?, la sangre de la capa… ¿te han herido? —preguntaban los soldados holandeses.

A medida que se iban acercando, preocupados porque su compañero estuviera herido y no les hubiera dicho nada, César —todavía de espaldas— iba bajando más la cabeza mientras los soldados enemigos se acercaban para que el sombrero le cubriera por completo el rostro.

—No pasa nada, seguid trabajando —dijo con voz imponente, para que no se acercaran más y así no pudieran descubrir su engaño.

Entonces en ese momento los soldados holandeses ya sin ninguna duda se percataron que algo pasaba con *Gerlach*.

—¡Tranquilos!, intentó calmar la situación César hablando holandés, estirando el brazo izquierdo con la palma hacia ellos, mientras que se giraba sobre sí mismo poniéndose de lado y con la mano derecha sigilosamente agarraba el cuchillo que llevaba en el cinturón, todavía con sangre de su anterior víctima.

El holandés más corpulento se acercó a César para descubrir la cara de aquel hombre que ellos pensaban que era su compañero, mientras los otros dos le encañonaban con sus mosquetes nerviosos por lo que estaba ocurriendo. César todavía tenía el brazo extendido y apartándole la mano bruscamente, el corpulento soldado enemigo —ofuscado por la incómoda situación bajo la lluvia y los cañonazos, bajo toda esa tensión, con la mano que le quedaba libre —agarró el ala del sombrero y lo tiró hacia un lado de forma muy brusca y violenta. Al fin se descubrió que no era su camarada *Gerlach* que yacía a pocos metros, tirado en el suelo fangoso bajo la lluvia.

—¡Maldita sea!, ¿quién eres? —le gritó, lanzándole un fuerte derechazo a la cara.

César estaba ya precavido de su posible ataque, mientras que Bernardo y el sargento Matías ya se encontraban preparados detrás de los otros dos soldados, anonadados por lo que estaba ocurriendo, nerviosos y esperando ansiosos a disparar cuando vieran la oportunidad.

Con gran agilidad César esquivó ese poderoso derechazo y con un movimiento limpio y sin apenas esfuerzo —con el cuchillo tremendamente afilado que tenía agarrado en su mano derecha— sesgó la yugular de aquel soldado enemigo agarrándolo por los ropajes posteriormente mientras caía para protegerse de los disparos que pudieran realizar sus otros dos compañeros que fueron eliminados rápidamente por el sargento Matías y Bernardo, sin apenas hacer ruido y sigilosamente.

—Muy bien chicos, ahora tenemos que deshacer todo este entuerto que han perpetrado estos mal nacidos para que los nuestros no se topen con la sorpresa que les tenían preparada —dijo seriamente el sargento Matías—. Por cierto César, ¡muy buen trabajo!, estoy orgulloso de combatir a tu lado —le dijo el sargento Matías mientras apoyaba la mano en el hombro de César.

Permanecieron varios minutos deshaciendo todo lo que allí habían creado para dar muerte a unos cuantos soldados incautos españoles que por allí pasaran, estaban tan absortos en quitar todos esos explosivos que no se percataron de que ya volvían a tener compañía de nuevo, pero ahora los que iban a ser cazados serían ellos…

Mientras el pelotón de Matías estaba terminando su labor, por retaguardia se acercaba un pelotón de doce soldados holandeses alertados por la falta de comunicación que estaban teniendo con su pelotón de demolición. El pelotón holandés estaba oculto entre la maleza, socavones y piedras desprendidas de las grandes explosiones, todavía con una insistente lluvia, percatados del intento de sabotear sus planes y bajo un gran sigilo, se acercaban por la espalda al pelotón español.

Reuniéndose en el último momento para marcar una buena estrategia, el sargento holandés al mando llamado *Gerrit* fue distribuyendo a sus doce hombres, abarcando la mayor distancia posible para que no tuvieran escapatoria.

—*Ruud* y *Pim* moveos a la derecha y permanecer al acecho, vosotros dos con ellos y tened preparado el mosquete, si se mueven ya sabéis qué tenéis que hacer, no vamos a hacer prisioneros. *Berg* y *Joep* por el otro lado con vosotros dos y el resto conmigo, iremos por el frente y abarcaremos con todo lo que podamos. Ya sabéis todo el plan, no os lo voy a repetir, ¿está claro?, pues adelante —terminó ordenando *Gerrit*.

El pelotón del sargento Matías estaba a punto de recibir un gran golpe, un golpe rotundo por parte del enemigo y ni siquiera se habían dado cuenta de que les estaban rodeando y cortando cualquier salida de escape. Estaban más preocupados por eliminar esa trampa que estaba destinada a llevarse por delante a un gran grupo de sus compañeros que por su propia seguridad.

—¡Atención españoles!, ¡estáis rodeados!, ¡tirad las armas y os perdonaremos la vida!, ¡no tendréis más avisos! —gritó el sargento holandés *Gerrit.*

El sargento Matías, Bernardo y César —con los explosivos en la mano de estar desarmando la trampa urdida por los holandeses— se giraron vertiginosamente, sorprendidos por lo que estaba ocurriendo y maldiciendo su suerte por aquella situación, dándose cuenta en ese mismo momento, del gran error que habían cometido al no vigilar constantemente la retaguardia y que realmente estaban rodeados por el enemigo ansioso por que hicieran un movimiento en falso y dispararles.

—¿Qué dicen, César? —preguntó el sargento Matías.

—Que nos rindamos y nos perdonarán la vida —contestó de inmediato César.

Matías se fijó en cada uno de los soldados enemigos que les estaban apuntando y viendo la forma con la que les estaban mirando, y después de lo que habían hecho a sus compañeros, sabía que lo que estaba diciendo aquel sargento holandés era mentira.

—Dile que de acuerdo, pero es mentira no te creas una palabra César, no piensan dejar que salgamos de aquí con vida, prepárate Bernardo, esto va a ser duro.

César fingiendo una sonrisa nerviosa en la cara y adoptando una postura sumisa, fingida, mientras se preparaba para la encarnizada lucha le hizo saber al sargento holandés que se rendían incondicionalmente.

—Nos rendimos, no disparéis, pero dejarnos con vida —contestó César.

—Por supuesto, no temáis, id dejando todas vuestras armas en el suelo y cuidado con los explosivos que lleváis en las manos, no queremos que saltéis por los aires —dijo, dibujando en su rostro una sonrisa malévola— retiraos unos metros atrás y no hagáis movimientos inadecuados —terminó el sargento holandés *Gerrit*.

Los tres soldados españoles se iban agachando lentamente, el sargento Matías en el medio, Bernardo a la izquierda y César a su derecha, mientras se miraban el uno al otro los soldados holandeses, al ver que los españoles se sometían a sus exigencias, iban bajando la guardia convencidos de su rendición. César y Bernardo estaban atentos a lo que el sargento Matías dispusiera en ese momento, sabían que si de alguna forma posible podían salir con vida de allí, era gracias a él.

—Bernardo, atento, voy a lanzar este cartucho de dinamita al sargento, después con la otra mano lanzaré mis cuchillos ocultos y te quitaré a uno de los soldados de tu izquierda; tu tendrás que disparar al cartucho para hacerlo estallar. César, tu tira el otro cartucho al centro también a la vez que Bernardo, para duplicar la explosión. Crearemos un caos entre ellos, después intentaremos poner pies en polvorosa. Esto debería hacer el suficiente humo y matar algún que otro soldado como para huir entre el caos, son muchos y no nos van a dejar escapar con vida —concluyó el sargento Matías.

Los segundos se hacían minutos, los minutos horas... parecía que no pasaba el tiempo e iba todo en cámara lenta; esta podría ser su última batalla o tal vez la batalla más épica que jamás hubieran soñado luchar.

Cuando la rodilla izquierda del sargento Matías llegó al suelo fangoso dio la orden que sellaría sus destinos para siempre. Como un resorte, Matías se puso en pie lanzando el cartucho de dinamita hacia el sargento *Gerrit*, como una gota de agua César hizo lo mismo lanzando el cartucho de dinamita y casi al unísono los cartuchos volaban en cámara lenta hacia su objetivo. Bernardo, por su parte, estaba con la rodilla en tierra agarrando el mosquete del suelo y apoyándolo en el hombro, apuntó cuidadosamente a los cartuchos, era un disparo muy difícil pero no imposible.

Cuando los enemigos holandeses se quisieron dar cuenta de la treta de los españoles, ya tenían los cartuchos de dinamita encima de sus cabezas y el sargento Matías estaba sacando de su casaca negra sus cuchillos mortales. Mientras tanto César sacaba sus pistolas de sus fundas ocultas también para intentar abatir algún soldado más antes de huir de aquella trampa mortal de los holandeses.

Era el turno de Bernardo, fijó el blanco y accionó el disparador de su mosquete. Clic, pero no sucedió nada, la pólvora estaba demasiado mojada como para poder disparar su arma. Bernardo se quedó con cara de incredulidad sin creer que aquello pudiera estar pasando; de él era la responsabilidad de hacer detonar esos cartuchos para que todos —o al menos sus compañeros— pudieran escapar con vida. Así que, sin más dilación, acto seguido, sin ningún miramiento y como si un demonio lo estuviera poseyendo, lleno de rabia y gritando como un auténtico loco, lanzó el mosquete contra el suelo y salió corriendo en contra del enemigo, iba desenvainando su espada a medida que se acercaba y sacando de la guerrera su pistola personal. Mientras tanto el sargento holandés *Gerrit* ordenó acabar con ellos sin miramientos, disparando a incapacitar y si no había más remedio, a matar. César por su parte cogió rápidamente su mosquete y entre balas realizó su disparo sin apenas apuntar, y seguidamente desenvainó su espada para hacer frente a la masacre que estaban a punto de sufrir.

El sargento Matías no daba crédito a lo que estaba pasando, todo lo que podría haber salido mal salió mal.

—¡Replegaos muchachos, replegaos! —gritó el sargento Matías desesperado ante la situación, mientras lanzaba sus últimos cuchillos y se quedaba apenas sin armas con las que plantar cara.

Bernardo fue herido en ambos hombros y en la pierna izquierda mientras corría, pero no mostraba síntomas de dolor, tenía esa cara que solo los que están dispuestos a dar su vida tenían. Cayó de rodillas a escasos metros de los soldados holandeses, con su sable en la mano izquierda, apoyándose en el lodazal que había ahí formado y su pistola en la derecha que curiosamente tampoco había disparado. Con la cabeza cabizbaja, el pelo chorreante de agua que cubría su cara y debajo de toda esa melena negra, se esbozaba una sonrisa que perturbaba al enemigo que lo tenía a sus pies totalmente sometido, o eso es lo que ellos creían.

—Vamos españolito suelta el arma y quizás sobrevivas a tus compañeros —le espetó un soldado holandés.

—¡Aquí el que no va a sobrevivir eres tú, maldito hereje! —gritó Bernardo con la fuerza de un león.

Bernardo levantó su pistola todavía cargada y apuntó a los cartuchos de dinamita que habían caído a escasos metros de los soldados, donde él mismo se había dirigido corriendo sin que los holandeses se percataran de sus intenciones.

—Nos vemos en el infierno, ¡maldito bastardo! ¡ja!, ¡ja!, ¡ja! —dijo Bernardo entre carcajadas.

Entonces, mientras el sargento Matías y César luchaban por salvar sus vidas, ambos heridos ya de algún que otro disparo enemigo que había tenido la suerte de acertar a su objetivo, Bernardo disparó a los cartuchos de dinamita, creando una gran explosión. Los holandeses no se esperaban que los españoles fueran tan suicidas y fieros a la hora de luchar. El campo se llenó de soldados desmembrados, algún superviviente mutilado y grandes charcos de sangre. Del epicentro de la explosión apenas quedaba nada, solo un cráter donde se podían apreciar algunas tripas y sesos de los que allí se encontraban.

—Bernardo… ¡vámonos César! —dijo el sargento Matías, afligido por el sacrificio de su amigo.

En mitad del caos provocado por la explosión, el sargento Matías y César aprovecharon para escabullirse, pero no tuvieron mucho tiempo hasta que los holandeses se recompusieran de la explosión.

—¡Cogedlos maldita sea!, ¡esto no va a quedar así!, ¡lo pagarán! —gritó *Gerrit* como un loco, lleno de furia por lo que había pasado.

Se dirigieron los dos hacia la trinchera a buscar algo de cobertura, pero cuando estaban llegando al borde un disparo certero impactó contra la rodilla derecha de César que cayó al suelo dando un gran grito, revolviéndose de dolor de un lado a otro.

—¡Márchate Matías, salva la vida!, no puedes hacer nada por mí, seré una carga, cumple la maldita misión y salva a nuestros hermanos, ¡ahora todo depende de ti! —gritó César, sabiendo el destino que le esperaba.

—¡Maldita sea César!, ¡maldita sea! —gritaba el sargento Matías desconsolado, mientras se metía en la trinchera a la protección de sus muros, desapareciendo tristemente entre sus pasillos.

César se arrastraba lentamente por el campo de batalla dejando un rastro de sangre. Herido y con una idea clara en la cabeza, que el sargento Matías pudiera escapar y con eso consiguiera cumplir con su misión. Mientras tanto *Berg* y *Joep* se acercaron a la posición de César para hacerse con él.

—Amordazadlo y llevadlo ante *Gerrit* —dijo *Joep* a los demás soldados que estaban a su alrededor. *Berg* y yo iremos a por el otro españolito.

César no dejaba de arrastrarse por el suelo, uno de los soldados holandeses le dio una patada en el abdomen para que dejara de moverse, haciendo que César se retorciera aún más de dolor, escupiéndole e increpándole después con insultos y recriminando sus actos. César se quedó totalmente inmóvil en un momento y mientras tanto *Berg* y *Joel* bajaban con cuidado, mirando cada paso que daban, restregando las huellas recientes que había dejado el sargento. Estaban temerosos de un ataque sorpresa de aquel sargento español, ya que sabían perfectamente lo que eran capaces de hacer cuando se sentían acorralados estos soldados. El sargento *Gerrit* llegó por fin a la posición, preguntando dónde estaban *Berg* y *Joel.*

—Están en la trinchera mi sargento, fueron detrás del sargento español, *Ruud* afirma haberle dado en un costado, está herido —contestó un soldado holandés.

—Bien, mantenerme informado. Levantad a este miserable y traedlo aquí, vamos a ver qué sabe; que se queden unos cuantos soldados vigilando la trinchera por si le diera por volver al sargento —dijo *Gerrit* gesticulando y señalando toda la zona de la trinchera por donde se había escabullido.

Cuando agarraron a César de los hombros aparentemente inconsciente y lo levantaron del suelo para llevarlo al lugar designado por el sargento *Gerrit,* se pudo ver como la mecha de los cartuchos que aún quedaban en la trinchera sin desinstalar se encendía, mientras César se reía a carcajadas.

—¡Salid de ahí!, ¡fuera todo el mundo! —gritaron los soldados que estaban con el soldado español.

El sargento *Gerrit* estaba anonadado por la cantidad de problemas que estaban ocasionando estos españoles. Mientras la mecha rápida de los explosivos continuaba su camino los demás se tiraban al suelo y César no paraba de reír por lo que se avecinaba a continuación.

Los explosivos detonaron con fuerza, tal fue la explosión, que gran parte de la trinchera desaparecía y con ella los dos soldados holandeses llamados *Joel* y *Berg* que se disiparon en la deflagración de la explosión. Los soldados que guardaban la salida, en el borde de la trinchera, que se habían tirado cuerpo a tierra, estaban sangrando por todos los orificios de sus cuerpos, como si por dentro la onda expansiva de la explosión les hubiera licuado todos los órganos.

Con esta acción valerosa acción César le había dado al sargento Matías la oportunidad de cumplir su misión y salvar a los suyos, pero también se había sentenciado a la peor de las torturas que el hombre pudiera conocer.

—Traedlo aquí, vamos a hablar con este malnacido —dijo *Gerrit* quitándose la casaca y remangando la camisa, lo que venía a continuación no iba a ser agradable.

El sargento Matías escuchó la gran explosión ocasionada por la acción de César desde unos cientos de metros de distancia. Sabía que tenía que cumplir su misión, sus compañeros se habían sacrificado para que la misión se llevara a cabo, ellos sabían que cuando estás en un grupo a veces tienes que sacrificarte por salvar a unos cientos de compañeros, ¿qué era una vida comparada con las de trescientos compañeros suyos que podrían haber muerto ahí mismo?

Esa era la mentalidad del soldado español y esa misma mentalidad es la que les daría la victoria en cualquier guerra que tuvieran por delante, el mundo sabría que un soldado español era la unidad de combate más fiera que se conocería en el mundo.

El sargento Matías oculto y semienterrado, pasando desapercibido en el fango, se decidió a salir de su escondite después de esperar ver los movimientos de los holandeses. Se revisó las heridas causadas en la reyerta, tenía un balazo en el costado, otro en el hombro y en el gemelo, se quitó la camisola y con ella se hizo unos trapos para taparse las heridas e intentar perder la menor sangre posible, sabía que si perdía demasiada sangre no tendría fuerzas para seguir adelante, estaba decidido a hacer lo que hiciera falta por sus compañeros para que el sacrificio de Bernardo y César no fuese en vano.

A medida que llegaba hasta la pieza de artillería, debilitándose a pasos agigantados, se encontraba con más soldados, más seguridad, todo se estaba volviendo mucho más difícil de lo que parecía y la lluvia no ayudaba. Estaba escondido y aguardando en un boquete enorme que una explosión había originado, lleno de agua y barro, en el que al menos cabían tres personas perfectamente.

—¿Qué hacemos chicos? —preguntó el sargento Matías cabizbajo de ánimo y cómo si todavía estuvieran Bernardo y César junto a él visualizando el objetivo.

De la guerrera sacó un par de cartuchos sueltos de dinamita que había cogido en el momento de la huida de las trincheras, y con ellos de la mano, estuvo varios minutos pensando qué habría sido de César; ya que no había oído nada desde aquella explosión. No sabía si había muerto con la misma explosión o tal vez lo tuvieran prisionero, era algo que le reconcomía por dentro y hacía que a cada segundo que pensaba en eso se enfadara más y temiera menos por su propia seguridad. Mirando los cartuchos y la pieza de artillería que aún seguía disparando a los suyos, decidió drásticamente su suerte en aquel momento. Lo único que le quedaba era un pequeño cuchillo que tenía en la bota izquierda el cual cogió, y comenzó a andar cojeando, con su traje negro, las botas llenas de barro, con vendajes ensangrentados en todas las heridas y con el pecho al descubierto, mirando al frente con la lluvia insistente golpeándole en la cara y la mirada perdida los primeros pasos, fijando como único objetivo la pieza de artillería.

Los primeros soldados con los que se encontró no daban crédito a que él fuera uno de sus enemigos, ¿qué hacía allí ese hombre, y en ese estado tan deplorable?

—¡Alto! —gritó un soldado.

Ese grito hizo que el sargento saliera de sus pensamientos más profundos, volviendo a llevarle de nuevo a la guerra que estaba librando en ese momento. El sargento Matías lanzó con un movimiento rápido y certero su cuchillo al soldado que le apuntaba con el mosquete varios metros delante de él, impactándole en la cabeza. Cayó de rodillas al lado de su compañero que, acto seguido, le disparó acertándole en el lado derecho del pecho haciendo que su hombro se desplazara un instante hacia atrás. Pero el sargento no se detenía, seguía caminando sin apenas mostrar dolor, como si de la picadura de un mosquito se tratase. El soldado holandés no daba crédito, estaba impactado por lo que estaba viendo. Temblando como si estuviera viendo un fantasma, con la mirada de un demonio, llegó a su altura, el soldado holandés todavía inmóvil de miedo; el sargento Matías quitó el cuchillo de la cabeza a su compañero muerto —aún de rodillas— y se lo clavó a ese muchacho tembloroso en el corazón, agarrándole con la mano derecha la cabeza. Tras unos breves segundos inmóviles, le dejó caer en el suelo fangoso, acto seguido, cogió la pistola que tenía en el cinturón uno de los soldados y la cargó por última vez; el sargento Matías siguió andando hacia su destino como si un fantasma fuera, hacia su misión, quizás la última que jamás volvería a tener.

Escupía sangre de manera abundante a consecuencia de la nueva herida en el pecho. Respirando con dificultad, con un silbido a cada exhalación —que seguramente le afectaría al pulmón— pero todavía consciente de lo que tenía que hacer, a unos escasos veinte metros de la pieza de artillería y con medio pecho ensangrentado hasta la cintura, le volvieron a dar el alto otros tres soldados. Pero el siguió caminando con la pistola prestada de su enemigo en la mano derecha y su cuchillo en la mano izquierda; sin miramientos ni mucho más tiempo de vida el sargento Matías, por la falta de fuerzas, lanzó una vez más su cuchillo y disparó casi instantáneamente abatiendo a dos de los tres soldados. En cuestión de solo un par de segundos el tercer soldado holandés le apuntó con su pistola, y con un disparo dirigido a su cabeza, impactó en un ojo al sargento Matías. Este cayó sobre su rodilla derecha y llevándose una mano a la herida causada, se levantó y siguió caminando mostrando su herida al soldado, que aterrorizado salió corriendo para avisar a sus compañeros de que tal demonio se encontraba en su campo de batalla. A medida que se acerba a la pieza de artillería iba sacando sus cartuchos de dinamita, ya sin ningún arma con la que defenderse, con el cuerpo lleno de heridas y media cabeza reventada de aquel disparo. Con la vista nublada veía a los soldados de la pieza de artillería cargando constantemente esa máquina de matar, mientras ellos estaban ocupados cargando la pieza el sargento Matías. Tiró sus dos cartuchos al lado de los barriles de pólvora sin decir ni una sola palabra, solo, quieto, inmóvil ante aquellos hombres.

Cuando los que estaban allí, descamisados por el calor que despedía las detonaciones de la pieza de artillería, se dieron cuenta de que el sargento Matías ensangrentado se encontraba mirando, con esa pésima estampa y casi pareciendo un muerto andante —que en parte así era— salieron despavoridos reclamando protección y ayuda, ya que aquellos soldados no contaban con ningún arma para defenderse.

Un disparo le impactó por la espalda, procedente de uno de los soldados holandeses que acudían a ayudar a sus compañeros; avisado sin duda por aquel soldado que huyó despavorido después de dispararle en la cara, haciéndole caer dentro del pequeño foso que habían hecho para estacionar la pieza de artillería. Una vez dentro y a resguardo parcialmente de los disparos enemigos, sin apenas fuerza, cogió el botafuego con el que detonaban cada disparo del cañón. Con la mano renqueante, temblorosa y muy sereno lo tiró hacia los cartuchos de dinamita que se encontraban al lado de los barriles de pólvora, esperando inevitablemente y sin apenas fuerza, ensangrentado y dolorido por todas las heridas sufridas, su inevitable destino en esa posición estratégica del ejército holandés.

—Ya voy amigos… Bernardo, César… misión cumplida hermanos —dijo el sargento. Matías, cerrando el ojo y con una sonrisa de satisfacción en la cara llena de sangre y pese a los daños infligidos, estaba sereno porque las muertes de sus compañeros no habían sido en vano y así estaba salvando a incontables compañeros, amigos, hermanos…

Y de un momento a otro la pieza de artillería y más de veinte metros a su alrededor desaparecieron en una gran y voluminosa explosión que se oiría en todo el campo de batalla y en toda Holanda, levantado una gran columna de humo, barro, piedras y material bélico que por la cercanía se encontraba. Se podía apreciar perfectamente desde cualquier sitio, desde el campo de batalla, ya que la columna de barro llegó a superar los quince metros de altura.

FUEGO DE GUERRA II

SEGUNDA PARTE

Auténticos estruendos de los golpes que los soldados españoles del tercio de Herrero estaban dando contra sus armaduras justo antes de entrar en batalla, pocos segundos después de esos golpes, se escucharon los gritos de ambos ejércitos a la carga el uno contra el otro.

—¿Santiago? —preguntó el capitán Fernando, ¿habéis escuchado, «Santiago»?

—Alguien ha dicho algo similar a eso sin duda, mi capitán —contestó el sargento Gustavo.

Al capitán Fernando se le cambió la expresión de la cara de un segundo a otro y rápidamente dio órdenes a su pelotón.

—Atención soldados pertrechaos ya hemos descansado bastante, nos vamos al noreste inmediatamente, ¡tenéis diez segundos!

—Mi capitán, ¿qué ocurre? —preguntó el cabo Corral al ver al capitán Fernando tan nervioso.

—¡Es el maestre Herrero maldita sea!, ¡está vivo! y ese griterío son ellos a punto de chocar con el ejército holandés, sin duda.

—¿Y por qué esta tan nervioso? El maestre Herrero es un gran estratega y luchador, seguramente salga airoso de esa batalla como de otras muchas a las que ha sobrevivido —afirmó el cabo corral.

—Si todos hemos escuchado «Santiago», esa frase está incompleta… si realmente quiere decir «Santiago y cierra España», para el maestre Herrero eso significa que va a arriesgarlo todo porque el enemigo no avance y para que a los demás, que están en el campamento, les dé tiempo a organizarse o huir a costa de su sacrificio y los hombres que estén con él, ¡maldito loco! —terminó diciendo el capitán Fernando.

Todos los soldados que componían el pelotón del capitán se levantaron inmediatamente del suelo, pertrechándose lo más rápido posible, poniendo a punto cada una de sus armas y revisando que los cuchillos y bayonetas no estuvieran melladas en exceso. Se preparaban para la gran batalla que se avecinaba, ya que aquel iba a ser un momento decisivo en la guerra por la conquista de Europa.

—En marcha soldados, no hay un segundo que perder —dijo el sargento Gustavo viendo que ya casi todos los soldados estaban listos para la batalla.

—Iremos hacia el cañón a donde se dirigía el sargento Matías, hacia la gran columna de humo y fuego, quizás con suerte encontremos al sargento. Aniquilaremos cualquier resistencia que encontremos por el camino, así que atentos muchachos y vamos raudos a ayudar al maestre Herrero y al sargento Matías —dijo el capitán Fernando.

En ese mismo momento el pelotón del capitán Fernando se puso en marcha a paso ligero bajo la lluvia intensa para auxiliar al maestre Herrero que no iba a tener una batalla fácil en inferioridad numérica y campo abierto.

***

Mientras tanto en el otro lado de la trinchera se estaba librando una cruenta batalla por la supervivencia de uno de los dos ejércitos, solo uno de los dos saldría con vida de allí.

Ambos estaban a la carga para librar un fuerte y brutal choque a su encuentro, los holandeses parecían ansiosos por acabar con los españoles, querían hacerles pagar todas las penurias que el tercio de Herrero y otros tercios españoles les habían hecho pasar. Los soldados del maestre Herrero también iban a la carga, todavía en forma de cuña tal y cómo habían estado formando anteriormente con todas las fuerzas que tenían. A medida que la distancia se reducía entre los dos ejércitos los soldados de la primera línea holandesa iban apuntando las picas y las lanzas hacia sus enemigos; mientras tanto los españoles seguían avanzando con los piqueros que llevaban armadura también, bajando sus picas y lanzas en posición de ataque; impacientes por ensartar a más de un enemigo con suerte. Los españoles eran los más pertrechados, los más viejos y experimentados en este tipo de batalla, los primeros que, por supuesto, sabían a la perfección lo que tenían que hacer y a la cabeza de todos ellos el maestre. Mientras tanto el general holandés se quedaba en retaguardia aguardando el final de la batalla, que tan fácil veía la victoria, desde la lejanía subido en su caballo cuando sus soldados daban la vida por su país.

El choque fue brutal, restallidos de corazas contra corazas, sables y bayonetas chocando unas con otras, las varas de las picas partiéndose por el impacto, los gritos de ira, de esfuerzo, de dolor por miembros quebrados o cercenados y por heridas de gravedad sonaron en ese momento. Todo era un caos, la superioridad numérica y la frescura de no haber entrado en batalla toda la mañana se notaba en las filas holandesas; los españoles por su parte estaban exhaustos de estar toda la mañana guerreando de una manera inaudita dando muerte a cientos de sus enemigos. Decenas de soldados de ambos ejércitos caían en el fango.

—¡Por el Imperio!, ¡por su gente!, ¡por vuestras familias! ¡Luchad por ellos y por volver al lado de vuestras mujeres e hijos!, ¡vuestras familias os esperan hermanos! —gritaba el maestre Herrero en mitad de la batalla mientras ensartaba con su espada y quebraba cabezas con cada puñetazo que arremetía a sus enemigos.

Como una señal divina, la lluvia empezó a remitir y los rayos del sol incidían en las corazas de los soldados españoles deslumbrando así a sus enemigos que estaban justo en frente de ellos; dándole a los españoles una oportunidad más para acabar con ellos, pero eran demasiados y poco a poco el número del tercio español estaba siendo reducido.

Armando se arrastraba por el fango buscando un arma que con la que poder defenderse, ya que en la refriega había perdido las suyas. Herido y golpeado contundentemente en la cara con un fusil, buscaba ansiosamente un mosquete, no sabía quién le había golpeado ya que aquello era un auténtico caos. Con la vista nublada, apenas podía distinguir amigo de enemigo; los rayos del sol incidían en el campo de batalla y descubrió entre el barro un pequeño puñal que producía un pequeño destello dentro todo aquel lodazal. Armando no se lo pensó dos veces y fue arrastrándose hacia él, pero un soldado holandés viendo cómo uno de sus enemigos se arrastraba por el suelo le clavó una lanza a la altura del hombro, con tanta fuerza que lo atravesó y lo dejó ahí trinchado en el suelo. Armando después de un grito de dolor se desmayó y quedó inmóvil en el fango.

La batalla se desarrollaba dramáticamente para los españoles. Herrero miró con enfado hacia donde se encontraba el general holandés —hablando tan tranquilamente con sus subalternos— carcajeando y sin ningún tipo de preocupación por la batalla, mientras sus soldados morían bajo la luz del sol que parecía celestial en ese momento, ante tal espantoso escenario; pero pudo vislumbrar una bandera negra, con el aspa roja y el caballo dorado por detrás de la posición de aquel miserable general.

No puede ser… es el blasón de mi tercio… ¿Pero qué demonios hacía allí ese blasón? se preguntaba el maestre mientras luchaba ferozmente contra el enemigo.

Al otro lado de la cruenta batalla se encontraba el capitán Fernando con lo que restaba del tercio principal del maestre Herrero; pudieron ver sobradamente la batalla desde una posición privilegiada justo detrás del grueso del ejército enemigo.

—Allí están nuestros hermanos luchando por su vida, apresuraos y ataquemos por retaguardia, diezmemos sus fuerzas para tener una posibilidad de ganar esta batalla que ya ha durado demasiado —dijo el capitán Fernando.

La carga de las tropas del capitán Fernando fue desesperada cogiendo desprevenido al enemigo, cuando los holandeses quisieron darse cuenta del ataque por retaguardia, su tiempo de reacción para la defensa del ejército fue imposible. El general holandés, distraído, desinteresado por lo que estaba ocurriendo en el campo de batalla, saboreando la victoria, tuvo que redistribuir sus tropas en cuestión de segundos, con lo cual no tuvo ningún margen de respuesta correcto ante tal ataque sorpresa por parte de las tropas españolas.

El caos que sembraron los soldados del capitán Fernando fue monumental, los disparos de los fusiles mientras avanzaban a paso ligero. El choque fue brutal contra las fuerzas paganas holandesas —en una formación pésima— ante la llegada de las tropas del capitán Fernando; el choque de las espadas, las corazas y las bayonetas restalló por todo el campo de batalla una vez más.

El pánico cundió entre los holandeses que se desperdigaron sin orden ni concierto. El sargento Gustavo, ante la mala coordinación y desbandada de los enemigos holandeses, blandía su espada rajando y decapitando a cualquier soldado enemigo que se le cruzara. Se percató de un oficial enemigo que todavía mantenía el tipo y la cordura necesaria para ordenar a sus hombres la posición que debían tomar; ante esta situación Gustavo sabía que debía cortar la cabeza, que estaba dando las órdenes para que el ejército enemigo terminara de perder la poca moral que le quedaba. Abriéndose paso entre amigos y enemigos con mucha premura, sorteando ataques enemigos, pero con la vista puesta en su objetivo, llegó a la posición del oficial holandés, aún en pie, y ordenando a sus tropas.

—¡Pagano! —gritó el sargento Gustavo.

Cuando el oficial se giró repentinamente, al escuchar tan cerca esa provocación, el sargento Gustavo arremetió su espada contra él, y de un solo tajo, ante su mirada de estupefacción, le decapito en cuestión de segundos, sin que pudiera hacer nada. La cabeza de aquel hombre cayó al suelo como un saco de patatas; el impacto del cuerpo contra el suelo provocó un espasmo que hizo accionar la pistola que llevaba en la mano de la cual salió una bala perdida que impactó en la cabeza de uno de sus soldados.

El cabo Corral accionó su mosquete para abatir a uno de los tantos enemigos que había en ese momento, que aunque desperdigados y mal comandados, todavía les superaban en número. De repente, el mosquete explotó en el momento del disparo —debido ya al desgaste o quizás a un exceso de pólvora en su interior— la explosión le abrasó medio pecho, la cara y le rompió parte del correaje; tras caer al suelo, sintió un dolor ensordecedor en el hombro, recubierto de ropajes abrasados adheridos a la carne y repleto de ampollas.

Sonaron gritos impregnados de pánico, un pánico aún más acusado que al principio del ataque del capitán Fernando. Cuando el maestre Herrero se volvió sobre sí mismo, mató a los dos holandeses que tenía más cerca con un tiro a bocajarro en la nuca y partiendo el cuello al otro —sin soltar su pistola humeante y sin que el soldado supiera todavía que le estaba ocurriendo—. Cogió rápidamente las pistolas de esos dos soldados y con un par de disparos certeros abatió a otros dos, dio muerte a tres soldados más con su espada bañada en sangre; todavía con un apetito voraz de más, sesgó la vida de otros dos soldados.

—¡Avanzad! —gritó el maestre Herrero, viendo que todavía era posible la victoria gracias a la ayuda prestada por el capitán Fernando que luchaba en retaguardia, ferozmente, con parte de lo que restaba del tercio.

El maestre Herrero lanzó su última ofensiva queriendo romper el frente enemigo, que viéndose victorioso apenas unos minutos antes, cambió la situación dramáticamente viéndose encerrado y hostigado por ambos extremos. Con la moral por los suelos, los holandeses reaccionaron replegándose como pudieron; haciendo así que los españoles avanzaran sobre sus líneas y cerrando el cerco de su muerte, ya que cada vez eran menos y más desorganizados.

La batalla final fue cruenta, con el sol ahora sofocando a los soldados de ambos bandos y la humedad que se pegaba al pecho de tanta lluvia. Se hacía difícil respirar y algunos soldados de ambos bandos caían desfallecidos del esfuerzo que esa batalla estaba suponiendo ya casi terminada. Y ese general holandés —que tan poco se preocupaba de cómo se reproducía la batalla al principio de la refriega dándola erróneamente por ganada—, después de la intervención del capitán Fernando, se veía más preocupado por salvar su vida que por rendirse y salvar a sus soldados.

Un soldado llamado Cortés —hasta entonces anónimo en el tercio— que pronto se convertiría en uno de los más grandes soldados españoles por sus épicas hazañas, vio como el general holandés caía de su caballo asustado y sus guardias personales cerraban filas en torno a él. Se dio cuenta de que había una oportunidad para acabar con esa maldita batalla de una vez por todas. Sorteando a sus compañeros y enemigos, luchando, se introdujo dentro de las líneas enemigas. Esquivando, sesgando la vida de los soldados enemigos que se encontraban fácil de abatir por el camino, con una destreza vertiginosa, haciendo alarde de un buen manejo de la espada española, vio a un soldado español petrificado por el medio de la batalla y con la cara bañada de sangre, todavía tenía en las manos un trabuco cargado, sin detonar. El soldado Cortés se acercó hasta él e intentó quitarle el trabuco —el cual tenía agarrado con las dos manos—. El soldado estaba demasiado rígido y aterrorizado para soltarlo, pero no había tiempo, la batalla se podría acabar de un solo plumazo descabezando al ejército holandés de su comandante.

—¡Ayúdame por el amor de Dios! —le pidió Cortes, forcejeando con el trabuco, a su compañero en shock.

Por fin se hizo con el trabuco, lo tenía en sus manos. Notando que no dominaba la pesada arma, con una breve inspección se aseguró que estuviera cargada y a punto para disparar; se la echó al hombro y continuó su camino entre la maraña de hombres. Con gritos de dolor y desesperación yacía el general holandés derribado, aunque custodiado por sus hombres de confianza. Cuando llegó a una decena de pasos del general holandés, Cortés guardó su espada —impregnada en sangre— y echó mano del trabuco que llevaba apoyado en el hombro; intentó apuntar, pero se le resbalaba en las manos por la humedad y el barro. Él mismo resbalaba en el fango del campo de batalla y no tenía la estabilidad más adecuada para el disparo.

—Dios que estás en los cielos… —se puso a murmurar— líbranos del mal, guía mi arma en tu servicio por favor, ¡líbranos del mal! —gritó fuertemente, mientras apuntaba donde se encontraba el general enemigo junto con su escolta.

Presionó el gatillo y no ocurrió nada. La humedad del ambiente atascaba el mecanismo o quizás fuese la pólvora que estaba húmeda. Un soldado de la escolta, percatándose de lo que Cortés quería hacer, se abalanzó hacia él para impedir el ataque a su general. El soldado holandés alto, fuerte y musculoso con la espada en alto estaba listo para dar un golpe fatal; cuando una alabarda española voló rápida y con fuerza entrándole por la axila, quedando enganchada dentro del pecho de ese fuerte enemigo. Sangrando a borbotones por la boca y la nariz, dejando caer la espada, el soldado holandés cayó de rodillas ante Cortés; con los ojos ensangrentados, haciendo ruidos de asfixia sintiendo como por dentro se llenaban de sangre sus vías respiratorias, se escuchó un grito imponente desde donde salió disparada esa alabarda.

—¡Vuelve a intentarlo soldado! —le gritó con fuerza el sargento Gustavo.

Cortés miró a su sargento, asintió con la cabeza, puso el trabuco en el hombro del soldado holandés abatido para mejorar su precisión y tener una mayor estabilidad en el disparo. Su objetivo estaba lejos y tenía a varios hombres cubriéndole, pero había una oportunidad de lograrlo y estaba dispuesto a hacer lo que hiciera falta. Volvió a amar su trabuco en medio de todo ese caos, parecía que todo iba a cámara lenta, cada grito, cada gota impactando en las armaduras y los cuerpos adyacentes, cada parpadeo, se hizo eterno en ese mismo momento. Inspiró fuertemente, junto a lado de aquel hombre abatido, fijó su objetivo en la cabeza del general…

Apretó el gatillo y toda la metralla que había en el trabuco —que no eran muy preciso a larga distancia— junto con la bala que había en su interior volaron hacia el enemigo, después de la fuerte detonación del arma que arrojó a Cortés varios metros hacia atrás sobre la metralla junto con la bala del trabuco impactó en varios guardaespaldas del general incapacitándolos con fuerza y la bala pasó rozando la cabeza de aquel general holandés creándole en la cabeza un gran corte. El general se tambaleó un momento mientras que sus guardaespaldas caían al suelo, segundos más tarde el general también hincó rodilla sin saber qué había ocurrido. El sargento Gustavo acudió a la ayuda de Cortés, y junto a una docena de hombres que se habían sobrepuesto a sus heridas, dispararon sus mosquetes contra los soldados holandeses que rodeaban al soldado español Cortés. A los pocos segundos y aprovechando todo ese caos, Cortés se levantó mientras sus enemigos caían abatidos por los mosquetes; agarró su cuchillo —alojado en la bota derecha— y salió corriendo con decisión hasta donde se encontraba el general holandés todavía con la rodilla en tierra recomponiéndose del brutal ataque recibido. Cortés, según corría hacia el general, lanzó el cuchillo que portaba en la mano, clavándoselo en el pecho.

El general intentó gritar de dolor a la par que palpaba el puñal en el pecho. Apenas unos segundos después, Cortés se deslizó por aquel fangoso suelo y con un movimiento rápido sacó el puñal del pecho y le apuñaló varias veces el cuello, dejando en el suelo a ese general que tanto se había burlado del tercio español. Ahora estaba desangrándose, irremediablemente, formando un gran charco de sangre.

Cortés se dejó caer al suelo de espaldas, ahora sí había logrado lo que se había propuesto para acabar con aquella batalla interminable. Los oficiales holandeses no tardaron en deponer las armas y claudicar; la batalla había sido feroz pero los españoles habían demostrado que eran una fuerza de élite, una máquina de guerra bien engrasada y que nadie podía sobreponerse a su poder, los tambores ya no sonaban, el bombardeo, ya hacía tiempo no se escuchaba ninguna detonación de artillería. Agotado hasta lo indecible, y descansando después de tal tamaña hazaña, a Cortés se le saltaban las lágrimas por el fin de la batalla.

La línea del frente enemigo había quedado destruida, hacía tan solo unas horas el maestre Herrero y los suyos habían luchado a brazo partido en aquellas trincheras, para penetrar en las líneas enemigas. El tercio entero gritó de emoción al saber de la rendición incondicional del enemigo, aunque al no tener contacto con otras unidades del ejército español había un sabor amargo en el ambiente al pensar que solo los que se encontraban allí, en ese momento, habían sobrevivido. De lo que el maestre Herrero estaba seguro era de que no cabía esperar ninguna maniobra de apoyo por parte de las otras fuerzas imperiales españolas. Había confiado en que quizás mandaran algún tipo de apoyo para cubrirles el flanco, pero sin duda, el maestre Antonio de Aragón había vetado esa posibilidad.

El maestre Herrero paseaba por el campo de batalla dando apoyo a los soldados heridos y comprobando si alguno de los caídos todavía pudiera sobrevivir. Los soldados españoles vitoreaban el nombre del maestre felices, sin duda, por haber salido vivos de aquella cruenta batalla y reconociendo claramente que sin las órdenes y la sagacidad de aquel maestre no hubieran salido vivos, para los demás oficiales ellos solo eran números.

—Capturar a todo aquel holandés que respire, amordazadlos y ubicarlos en aquella explanada después de la terminación de la trinchera —dijo el maestre Herrero señalando con la mano el lugar donde tenían que llevarlos.

Herrero prosiguió su camino hasta llegar a donde se encontraba el general desangrado; todavía le seguía brotando sangre del cuello y a su lado se encontraba Cortés, todavía sin aliento, con una cara de satisfacción enorme por la buena acción heroica cumplida salvando así muchas vidas de sus compatriotas.

—Muy bien soldado —le dijo el maestre Herrero.

Cortés al darse cuenta de quién le hablaba, se levantó del suelo y se puso en firme tan rápido como pudo; renqueante y agotado después del tremendo esfuerzo realizado.

—A la orden maestre, muchas gracias por sus felicitaciones, solo cumplía con mi deber señor —replicó Cortés— pero esto no hubiera sido posible sin la ayuda del sargento Gustavo, él me salvó la vida para que yo pudiera arrebatársela a este mal nacido. Terminó explicando el soldado.

El maestre asintió y puso la mano en el hombro de aquel soldado y le agradeció nuevamente su labor por las vidas salvadas; empezó a otear el campo de batalla en busca del capitán Fernando, pero había muchos muertos y no sabía si estaba vivo o muerto, la tarea no iba a ser fácil para el maestre.

El sargento Gustavo se acercó a hablar con el maestre Herrero cuando lo vio, paseando por el campo de batalla ayudando a sus compañeros.

—A la orden maestre, ¿se encuentra bien?, ¿busca a alguien en particular? —preguntó el sargento Gustavo.

—Sargento, qué alegría saber que está bien, me comentó el soldado Cortés que le salvó la vida y gracias a ello pudo completar su misión y, prácticamente, salvarnos a todos.

—Bueno maestre, somos compañeros, todos somos hermanos, era mi deber ayudarle; ciertamente ha demostrado una valentía inusitada.

—Desde luego que sí, Sargento, me alegra saber que piensa así, ¿sabe dónde se encuentra el capitán Fernando? —preguntó el maestre.

—Yo me adelanté para debilitar su poder de mando eliminando a sus oficiales, que después de nuestra irrupción en batalla, parecían pollos sin cabeza. Creo que él se encontraba más cerca de la retaguardia del enemigo, al menos la última vez que pude verlo, maestre —terminó por aclararle el sargento Gustavo.

—Muchas gracias sargento, siga ayudando a los heridos y organice a un grupo de soldados para que vaya guiando a los prisioneros de guerra a una zona donde podamos tenerlos a buen recaudo y vigilados —terminó ordenando el maestre Herrero.

En el cielo todavía se veían las estelas de los proyectiles que habían surcado, sin parar, durante incontables horas. El campo de batalla estaba envuelto en una espesa niebla y humo acumulado de las artillerías de los impactos de los proyectiles. El ambiente era pestilente, un fuerte olor que —sabía a hierro— invadía los pulmones de los allí presentes; y por fin el maestre se encontraba en mitad de toda aquella desolación con el capitán Fernando; ambos llenos de sangre y barro. Cuando sus miradas se cruzaron, sobraron las palabras, el capitán Fernando se cuadró de inmediato para dar novedades a su maestre.

—Mi maestre hemos sufrid… intentó decir el capitán Fernando cuando el maestre obviando todo el protocolo militar, y lleno de alegría de ver a su amigo vivo, le dio un gran abrazo que dejó sin palabras a su capitán.

—Nos has salvado la vida Fernando, todo el mundo debe saber que gracias a ti ganamos esta batalla, nuestro final hubiera sido funesto si no hubieras venido —dijo el maestre.

—Eso no es del todo cierto maestre, usted nos ha llevado a la victoria haciendo de lo imposible algo que es posible, suyo es el mérito señor.

—El mérito es de cada uno de los soldados que ha estado aquí hoy, combatiendo y dando su vida por las Españas —dijo con orgullo el maestre— reagrupa a todo el tercio capitán; di orden al sargento Gustavo que lo hiera, pero ayúdale, seguro que esta exhausto de la batalla y todos debemos arrimar el hombro en estos momentos tan difíciles.

—Maestre, debemos enviar a alguien a aquella gran columna de humo, envié al sargento Matías y otros dos exploradores y todavía no sabemos nada de ellos; aunque me temo lo peor —dijo el capitán Fernando.

—De acuerdo, envía a una patrulla que revise ese lugar a conciencia; si el sargento Matías y sus hombres acabaron con ese puesto de artillería, han salvado muchas vidas y se merecen todo nuestro reconocimiento.

Herrero conducía a su tercio hasta un lugar seguro del campo de batalla, viendo por todos los lugares donde se posaba su mirada, miseria y destrucción. Continuaron desplazándose por la amplia red de trincheras a lo largo del campo de batalla, algunas de ellas semiderrumbadas por los impactos de los proyectiles y por el desgaste que la lluvia incesante había causado. Parecía que la niebla no quería abandonar ese lugar, quizás fuera mejor así ya que gran parte de esta tapaba el brutal paisaje que habían dejado. El trayecto fue silencioso en su mayor parte; los rebeldes capturados iban cabizbajos lamentando su suerte y todavía pensado en cómo habían podido perder esa batalla que parecía tan segura. A veces, el silencio sepulcral era roto por algún alarido de un soldado español herido que, en el camino al campamento, estaba siendo atendido por los médicos y sus compañeros en una camilla improvisada para salvar sus vidas de manera desesperada, ya que las heridas eran graves.

LA LLANURA

Antonio de la Riva permanecía en su tienda de campaña con el ceño fruncido y deseando tener noticias de la guerra, ya que hacía tiempo que no escuchaba el estruendo de la artillería, los gritos de batalla, ni los chasquidos que producían las espadas al chocarse repetidamente unas contra otras. Tenía un mal presentimiento y es que él siempre decía a sus subordinados que después de la calma, llega la tempestad; y quizás bajo su pensamiento más profundo sabía que el enemigo —si se veía acorralado aunque dictase su carta de muerte— atacaría a la desesperada con todo el resto que le quedase. Solo quería pensar que la batalla que parecía que había terminado, fuera realmente el final de esa contienda y poder volver a casa con la gloria de la victoria.

Mientras tanto en el improvisado campamento montado en una zona segura del lugar de batalla, que apenas unas horas antes era un hervidero de destrucción, el maestre se preocupó por todos y cada uno de los soldados que allí se encontraban. Estuvo hablando y prestando atención a los relatos que le contaban, las historias y las penurias que habían tenido que pasar para llegar a la retaguardia del enemigo. Escuchó, atentamente, los sacrificios que sus hombres habían decidido hacer por voluntad propia para salvar al grupo; como la historia del sargento Matías y sus valientes exploradores. Entre lágrimas de sus compañeros e ira, atentamente, descansado, los escuchó a todos con un gran orgullo por la labor y el sacrificio que habían consumado y también con una gran pena del compañero perdido. Después de eso el maestre Herrero mandó reunir a todo el tercio disponible para darles sus nuevas órdenes, ya que para ellos todavía no había terminado la batalla.

—Soldados, suboficiales y oficiales... debo pedir un último esfuerzo más, hemos conseguido defender el campamento y conquistar las trincheras; hemos sufrido demasiado lo sé; buenos amigos, hermanos o parientes han muerto en este día tan aciago para nosotros; pero el alto mando tiene una última misión. La culminación de esta gran operación a la que nos hemos visto arrastrados a combatir, debemos de movernos a la zona de las llanuras, tenemos que controlar ese territorio para evitar que estos ataques sorpresa se vuelvan a repetir. No sé qué nos encontraremos allí, pero tengo fe en que seremos ayudados por la caballería del capitán de la Rosa; si no se entretiene a ver el monumental espectáculo que hemos organizado durante estas horas —se reía el maestre como señal de un trabajo bien realizado—.Descansad un momento más y recobrar el aliento, no pediré que nadie venga obligado a esta contienda, creo que ya habéis dado demasiado este día de hoy. Solo quiero que los que se unan a esta última batalla lo hagan de forma voluntaria —terminó diciendo el maestre; y retirándose hacia la zona provisional que habían montado de enfermería; les dejó pensar tranquilamente en sus palabras.

Las caras del tercio eran de asombro total; puesto que ningún maestre nunca, hasta ese momento, había dado opciones a combatir o no. Siempre les habían obligado a asistir a la batalla bajo cualquier término ya que eran profesionales y cobraban por ello.

Los murmullos no tardaron en aflorar entre las filas de los soldados, algunos estaban hartos de la guerra, otros todavía estaban sedientos de sangre por las penurias que el enemigo les había hecho pasar; pero sin duda, todos tenían la libre elección de seguir a su maestre hasta el final, o no.

Herrero abandonó la enfermería después de que el doctor revisara que todo estaba en su lugar y sin heridas graves. Bajó, a la zona por donde sería la marcha hacia las llanuras, donde él capitán Fernando esperaba.

El capitán Fernando aguardaba allí desde hacía casi una hora. Solo, ante el paisaje desolado que habían causado, había tenido tiempo de sobra para rumiar sobre las cosas que más odiaba de la vida. Las principales eran las misiones interminables —de las que a menudo— abusaban los mandos en pedir.

El capitán Fernando era hijo de un carpintero que se había ganado la vida en un aserradero en su ciudad natal. Buena parte del trabajo de su padre tenía que ver con la creación de vigas, tablones y materiales para la construcción de viviendas; muchas veces de pequeño había descendido las pequeñas cuestas nevadas con su trineo fabricado por él mismo. No fue mala aquella vida que había vivido el capitán; siempre que tenía un momento de tranquilidad le gustaba recordar ese tipo de momentos de su infancia.

—¿Capitán, que tal estás? —dijo el maestre, con una voz calmada.

—Bien mi maestre, pensando en el devenir de los tiempos y en el pasado…

El capitán Fernando se interrumpió, por un momento; perdió el hilo de la explicación mientras en su interior crecía la rabia y un sentimiento de pérdida. Se dio cuenta de que, aquella, era la primera vez que se dio cuenta de todo lo que había perdido, y podía perder, en las próximas horas. Su corazón se comprimió de forma convulsa en torno a los retazos de memoria de todos aquellos con los que había servido, tanto que, acentuaba su amargura dado que muchos de ellos ya no estaban en este mundo.

El maestre Herrero tenía una alternativa simple: desplegar las tropas que tenía a disposición para presentar una valiente resistencia, a ultranza, o coger a todos los que pudiera salvar y marcharse. Optó por lo primero; todos querían luchar y vengar a sus compañeros caídos en batalla.

—Con la retirada no se hubiera ganado nada maestre, ¿los odias? —dijo el capitán Fernando en cuyos ojos se veía el reflejo de la venganza e ira.

—¡No!, bueno, sí, igual como odiaría a alguien que hubiera destruido mi hogar. Creo que luchamos por un bien superior, por Dios y el Rey —dijo el maestre.

—He luchado con tu tercio en una decena de frentes y aún no he visto un bien superior por parte de Dios o de la Iglesia; admito que te seguiré a todas partes, es lo único que puedo decir. Dejé mi ciudad natal y he estado combatiendo por el recuerdo de todos mis seres queridos; los castellanos somos una raza que se está extinguiendo, quedamos pocos castellanos de pura raza —dijo el capitán Fernando, orgulloso por ser uno de ellos, pero a la vez, apenado por la triste decadencia que suponían sus palabras.

Después de hablar con el capitán Fernando, el maestre Herrero se dirigió hacia donde se hallaban congregadas sus tropas para examinar a los soldados que se habían presentado voluntarios para la última gran batalla. Su paso era firme, pero en su rostro no se veía duda acerca de sus próximas acciones. En su rostro se reflejaba la determinación y las miles de planificaciones y posibilidades que pudiera tener en el campo de batalla; no solo para asegurarse la victoria, sino para que la mayor parte de los voluntarios, al servicio, pudieran volver a casa.

Cuando el maestre se presentó delante de sus tropas y vio que nadie se había movido de su sitio —que ninguno de ellos había decidido dar un paso atrás, por muy mal que se pudieran encontrar o por muy graves fueran sus heridas; todos estaban allí, con sus armaduras impregnadas de sangre ya seca dándoles un aspecto más fiero (si pudiera caber) de lo que ya daban a entender —al maestre se le hinchó el pecho de puro orgullo hacia sus valientes soldados.

—Estoy muy orgulloso de vosotros, creedme todos. Pero no puedo permitir semejante locura, muchos de vosotros estáis heridos, algunos no podéis andar, otros estáis hechos girones. No puedo permitir que, después del gran sacrificio demostrado en la anterior batalla, deis vuestra vida sin la posibilidad de que podáis defenderos por completo. No pienso permitir que un holandés acabe con vuestra vida sin poder defenderos, de ninguna manera —terminó diciendo el maestre Herrero.

Su tercio reunido allí estaba expectante escuchando, atentamente, las palabras de su maestre. No daba crédito una vez más, unos se lamentaban de su mala suerte entre murmullos por no poder presentar batalla, otros —más estridentes— alzaban la voz con la desconformidad de la decisión del maestre.

—Todos sois soldados valientes y no puedo permitir que España quede privada de vuestra descendencia si caéis en batalla. Sois los soldados más valientes de todo el imperio, sin duda alguna.

Cuando el maestre Herrero se disponía a dar un discurso a sus soldados, una arenga para insuflarles, una vez más, el valor necesario y la fuerza de todo el imperio, se presentó ante todos ellos la caballería del capitán Manuel de la Rosa, con todos sus caballos frescos y sin ningún signo de haber tenido prisa por llegar pronto a la batalla. La caballería del capitán De la Rosa quedó asombrada por el deplorable estado de sus compañeros militares, aunque fueran de tercios diferentes se notaba en sus caras el calvario que debían haber pasado para llegar a esa situación.

—¿Por qué no hemos llegado antes? — preguntaba un miembro de la caballería a otro.

—Porque hemos ido a un paso muy lento, el capitán no ha querido ir deprisa —contestaba otro miembro de la caballería, entre las decenas de murmullos que se escuchan entre todos los presentes.

El capitán Manuel de la Rosa estaba al frente de toda aquella caballería con sus armaduras relucientes y sus picas intactas, con la cabeza en alto, bajo aquellos rayos de luz parecían la estampa —más épica posible— frente aquellos pobres diablos allí destrozados. El capitán De la Rosa hizo un gesto al maestre en forma de saludo, en el momento en el que el maestre Herrero se disponía a hablar. Herrero le hizo un gesto con la mano para que se detuviera, y no dijera ni una sola palabra, porque se disponía a arengar a sus tropas.

—Soldados del imperio español, habéis visto la ferocidad del enemigo. En esta hora amarga del Imperio nos aprestamos para dar la batalla definitiva por este territorio y asegurarnos que el enemigo no pase. Las llaves del Imperio han sido confiadas a nosotros por el mismísimo rey; el destino del imperio español está en vuestras manos. Yo, por mi parte, me dispongo a entregarlo todo por mi patria, cuyo destino se encuentra ahora en juego. Entregaré mi vida, si es necesario, para asegurarme que los enemigos de España no puedan nunca conquistarla; de que la santa religión a nosotros confiada por el destino no sea menoscabada mientras yo viva. Yo espero y exijo y estoy seguro, que obtendré el mismo comportamiento por vuestra parte, que sin duda me estáis demostrando con vuestro valiente voluntariado. No podemos ser inferiores a nuestros antepasados que dieron su vida por España y por el rey; ni someternos a un escarnio de las generaciones futuras, que verían en nosotros a unos cobardes si damos un paso atrás o hacemos lo posible para evitar la contienda y salir así ilesos de esta guerra.

—¡Morid entonces, para vivir con honra y orgullo!, ¡vivid entonces, para morir honrados soldados!, ¡viva España y viva el rey! —terminó diciendo el maestre Herrero, con una voz tan fuerte, que si el enemigo se encontrara por las cercanías seguramente les habría metido el miedo en el cuerpo.

En cambio, los soldados españoles allí expectantes y atentos a sus palabras, gritaron y vociferaron lo más alto que sus pulmones les permitieron, ante las grandes palabras de su maestre. Los que estaban en el suelo descansado, extasiados por el cansancio se levantaron, los heridos del hospital improvisado levantaron el brazo en señal de fuerza y honor para el tercio, e incluso la caballería del capitán Manuel de la Rosa hizo relinchar sus caballos en apoyo a las grandes palabras allí pronunciadas. Estaban seguros de que permanecerían en la eternidad; la única persona que no hacía gesto alguno

—o mostraba conformidad con lo allí dicho— era el capitán Manuel de la Rosa que bien sabía qué parte del discurso iba destinado a su persona. Con el semblante serio, y el ceño fruncido, fue el único que no se unió a los vítores sintiéndose incómodo.

El maestre Herrero se puso a seleccionar, personalmente, a los soldados que le acompañarían a la victoria. Todos los soldados le miraban a los ojos, ninguno de ellos retiraba la mirada al suelo o hacia otro lugar; signo, sin duda, de que no tenían miedo a ser elegidos para presentar batalla. Los que no eran elegidos se mostraban abatidos y cabizbajos, pero sin duda, el maestre tenía razones más que suficientes para declinar su voluntariado. A alguno le faltaba alguna extremidad o estaba mutilada, otro, incluso, carecía de uno de los ojos y así se fue eligiendo a los excluidos.

Después de unos minutos interminables para los soldados, que estaban pasando revista de sus condiciones físicas, y cuando terminó de elegir a todos los que ese mismo día pasarían a la gloria, se dispuso a hablar con el capitán de la Rosa —en privado—a unos metros de todos sus soldados.

El capitán le estuvo explicando al maestre las circunstancias que habían sucedido para llegar con tanto retraso; sin duda, el maestre sabía perfectamente, que él esperaba asestar el golpe final; cuando su tercio se hallara en desbanda o abatido por el enemigo que le superaba en número.

—Bien capitán, va a tener una nueva oportunidad de demostrar a todo este tercio, y a sus propios caballeros, de qué están hechos —hablaba el maestre en voz alta— sin duda, esta caballería que tiene aquí se ve muy valiente y decidida a ir hasta el infierno por la grandeza de España. Os uniréis a nosotros y seréis la avanzadilla, la primera línea que debilitará la suya en la guerra de la llanura. Todavía no sabemos qué nos encontraremos allí, pero estoy seguro que harán un buen trabajo. Confío en su gran trabajo para con España, soldados —terminó diciendo el maestre Herrero mirando a los soldados de caballería que se encontraban allí.

—Id preparando vuestras armas hombres, ajustaros bien las armaduras, afilad vuestros cuchillos y rezad a Dios para que os permita volver con vuestras familias, porque hoy es el día señalado en nuestras vidas, por el que nacimos; y los que os quedéis aquí, vigilad a los prisioneros, pero no les causéis daño alguno, no somos salvajes. Dios se encargará de ellos cuando los llevemos a España —espetó el sargento mayor Máximo.

Todos se preparaban, nadie hablaba, todos estaban concentrados. Solo se podía escuchar los roces de los cuchillos afilándose, el chirriar del cuero de las cinchas de las armaduras apretándose, para que quedaran en la posición correcta y más cómoda; y el suave viento que se había levantado acariciando el rostro de todos los presentes, como una madre acariciando a sus hijos cuando son pequeños. El viento mecía un árbol partido en dos debido a un impacto de artillería ocasionando el crujir de la madera.

Cuando todos estuvieron preparados marcharon hacia las llanuras. La caballería del capitán Manuel de la Rosa se adelantaría para reconocer el terreno y volver a comunicárselo al maestre. Herrero marchaba junto con sus soldados a pie, como un soldado más, sin tener en cuenta el abismo jerárquico que le separaba de los soldados que marchaban a su lado. Algunos miraban hacia atrás, quizás fuese la última vez que veían a ese amigo, a ese compañero, padre o hijo, dejado atrás para su recuperación, todos ellos marcharon para cumplir con su destino, con honor.

Después de unos kilómetros recorridos, impacientes por encontrar a sus enemigos, el viento trajo consigo una amarga noticia: se volvían a escuchar tambores de guerra. No pasó mucho tiempo desde que escucharon los tambores cuando apareció la caballería que había ido en reconocimiento del terreno. El capitán Manuel de la Rosa se apresuró a hablar con el maestre Herrero.

—Maestre los hemos encontrado, están al otro lado de la llanura, no parece que dispongan ya de más artillería; debieron utilizar toda su potencia de fuego en la anterior batalla. También registramos las zonas próximas a la zona de batalla y no hay ningún enemigo, parece que han reunido a todo aquel hombre que pudiera luchar para plantarnos cara como medida desesperada.

—Puede que así sea capitán, al igual que nosotros también lucharan con el resto que le quede. De aquí saldrá un solo país victorioso, pero no subestime al enemigo, seguro que algo nos tiene reservado, sino no creo que se quedaran tan expuestos a que los viéramos a simple vista, quizás sea una trampa —dijo desconfiado el maestre.

Manuel de la Rosa se veía nervioso, ¿quizás todo el arrojo que demostraba en las reuniones con el alto mando era mentira?, sus jinetes, por el contrario, estaban bien pertrechados y dispuestos para las órdenes que les dieran.

—Bien soldados, alzad bien nuestro estandarte, que brille con la luz del sol, este día será un gran día para nosotros. Que cuando esos malditos herejes vean nuestro blasón tiemblen de miedo, pues son conscientes del brutal y despiadado combate que tuvimos con ellos cuando nos doblaban en número. Cuando veamos al enemigo extendeos y que parezca que somos muchos más de los que aquí estamos. Las batallas se ganan con engaño, agachados y dibujando en el suelo, ahora ya muy seco, debido a que la lluvia había parado hacía ya unas horas en esa zona, y el sol había terminado de secar el campo —dibujó el escenario de batalla que anteriormente le había descrito el capitán—. Manuel de la Rosa, tú y cuatro de tus jinetes más rápidos cogeréis unas ramas de aquellos árboles, las ataremos a vuestros caballos, iréis arrastrándolas a una marcha prudencial, debe parecer que son soldados los que van por ese flanco y así crearemos una cortina de polvo. Parecerá que somos más de un ejército marchando. El grueso del ejército irá conmigo y daremos frente al enemigo junto con tu caballería. Vosotros haréis que dividan sus fuerzas más de lo que ya están, creo que será algo más fácil para nosotros y tu caballería acabará con ellos si no se rinden antes. ¿Entendido?, ¿todos? —explicó el maestre Herrero.

—Sí, señor —dijeron tal unísono, sin albergar ninguna duda de su misión.

—¡Por Dios, España y el Rey, adelante! —terminó diciendo el maestre Herrero.

Los suboficiales comenzaron a dar las órdenes pertinentes a cada pelotón reuniéndoles y explicándoles cada paso que darían dé ahora en adelante. Todos debían saber qué es lo que tenían que hacer exactamente, para que el plan saliera a la perfección.

Los preparativos para el engañar al enemigo finalizaron con éxito y las tropas empezaron a marchar hacia su destino final, con la certeza de que pronto se encontrarían con los holandeses. Durante el trayecto, y después de la despedida del pequeño grupo de caballería que realizaría la maniobra de distracción, todos estaban en silencio; sumergidos en sus pensamientos más profundos. El suave viento acariciaba sus rostros y armaduras llevándose con él los pensamientos más optimistas para algunos. Con el viento silbante entre las picas que se alzaban durante el trayecto marchaba hacia un destino que para aquellos valientes hombres ya estaba sellado.

Con cada paso que los hombres daban se iba acumulando más y más polvo en el ambiente, tal y como el maestre había previsto. Dentro de poco se crearía una columna de humo advirtiendo al enemigo holandés la ubicación exacta de las tropas españolas.

Después de varios kilómetros caminando, el viento traía consigo el sonido de los tambores de guerra holandeses, sin duda, habían visto ya la gran columna de polvo que se alzaba en el cielo.

Finalmente llegaron a una llanura, donde el ejército enemigo se encontraba al otro lado. Fue duro para el tercio español encontrarse con que ellos también poseían caballería y además se trataba de caballería pesada, bien armada. Aunque no se escucharon lamentaciones, solo se escuchaban los tambores, las pisadas de los hombres y las bestias que allí darían —ese mismo día— todo su aliento para salir con vida. El aire mecía suavemente el pendón del maestre junto con el de la bandera de las Españas; la nube de polvo iba disipándose a medida que los soldados se iban deteniendo en su lugar de la formación y la caballería iba tomando la primera línea para su posterior carga como era característica de estas unidades. Los soldados estaban mirando que al otro lado de esa pequeña llanura se encontraba el enemigo. Sin duda era un lugar precioso, todo era de color verde, menos el camino que atravesaba toda la llanura por donde se habían reunido allí —este se había creado debido al comercio que esas tierras tuvieron con otras ciudades u otras aldeas—. Había flores en cada palmo de tierra donde mirasen, unos árboles altos y frondosos, muchos de ellos ya podían imaginarse tumbados a su sombra después de un duro día de batalla. Era un buen lugar incluso para yacer abatidos por siempre, si se diera el caso de su muerte, en aquellas tierras.

Los holandeses se veían seguros y tranquilos de la victoria; todavía no habían visto la jugada maestra de los españoles y se veían esperanzados con que el tercio del maestre Herrero estuviera ya en horas bajas, desalentado por la anterior batalla e indeciso de salir nuevamente victorioso.

El maestre Herrero se adelantó entre la línea de la caballería, acariciando a su paso a los caballos que relinchaban inquietos, ansiosos por salir corriendo a través de la llanura. Herrero cerró los ojos y se quedó pensativo durante unos segundos, mientras el viento acariciaba su cara llena de polvo por la marcha, magulladuras y cortes, mirando hacia el cielo como intentando que Dios pudiera ayudarle en esta nueva batalla tan decisiva para todos los allí presentes. Del otro lado, los holandeses solo aguardaban la embestida del tercio español, con caras expectantes y llenas de orgullo, supervisando todos los movimientos que se estaban dando al otro lado de la llanura.

El maestre Herrero se dio la vuelta y se dispuso a decir una arenga, una vez más, para tratar de animar a sus tropas en esta posible última batalla para todos.

—Caballeros españoles, ha llegado el momento de demostrar nuevamente de lo que somos capaces. Ya os he exigido mucho en el día de hoy, pero vosotros seguís aquí conmigo, a mi lado. Aunque nuestro destino sea incierto, (mientras tanto los soldados del tercio, se les veía rezar moviendo ligeramente los labios y haciéndose la señal de la cruz de Cristo), en nuestras manos está que desde hoy, esta gesta perdure en el recuerdo. Mejor morir aquí que volver a España, a nuestras casas, con vergüenza por no haber terminado nuestro trabajo como el rey lo espera. ¡Por Dios y por el rey! —terminó gritando el maestre.

Todos los soldados españoles alzaron sus armas gritando; alentados de nuevo en un valor que parecía desde las filas enemigas que ya habían perdido, creando así una gran inseguridad en los holandeses. Muchos de ellos se preguntaban si eran realmente invencibles como muchos de los camaradas habían asegurado —cuando volvieron de la anterior refriega contra esos mismos hombres— alguno quizás se preguntaba si sería posible que gozaran de la gracia de Dios, como otros afirmaban y no había nada que hacer contra ellos, solamente capitular ante tal abrumadora fuerza de combate y devoción.

El caos fue aún mayor cuanto los holandeses advirtieron que, a uno de los extremos del bosque, se levantaba una cortina de polvo digna de un ejército numeroso y abrumador. Los comandantes holandeses no tuvieron otra opción que dividir sus fuerzas, dando órdenes, nerviosos por lo que se avecinaba por su flanco. Ahora ya no estaban tan seguros ni tenían tantas esperanzas en ganar la contienda. Así pues, el ejército holandés envió a cubrir el flanco de su ejército para no caer rodeado en una batalla devastadora; la mitad de la caballería pesada y un cuarto del ejército holandés se movilizaron hacia la trampa que los españoles habían preparado para su enemigo.

Ahora el capitán Manuel de la Rosa debía entretener el máximo tiempo posible, con sus cuatro valientes jinetes, a la mitad del ejército holandés, hasta darle así tiempo al tercio del maestre Herrero para acabar con el enemigo.

—Recordad lo que se os ha dicho, a la señal del maestre avanzad sin temor, pues la gloria nos espera —dijo el capitán Fernando

Herrero se fue hacia un lado de la formación y agarró de la montura a uno de los caballos que tenían de refresco y subió de un salto. Se colocó en silencio al frente de la caballería española. Ambos ejércitos se miraban de un lado a otro de la llanura, impacientes por saber quién sería, de los dos, el que emprendiera primero la marcha.

La caballería holandesa empezó a moverse; poco a poco los caballos iban tomando más velocidad en aquella llanura. La caballería española también comenzó a moverse al ver a su enemigo avanzar sin miedo alguno, pero estos, al contrario del enemigo cabalgaban en formación de cuña, como ya habían hecho en la batalla anterior contra los holandeses. La infantería salió segundos después, corriendo detrás de la caballería. Gritando lo más alto y ferozmente que podía, cada uno de los bandos, para intentar desmoralizar al enemigo. La velocidad que alcanzaban aquellos caballos era vertiginosa; ambos bandos enfrentados bajaban sus lanzas para el inminente ataque. El impacto fue ensordecedor, los jinetes caían al suelo de sus caballos, algunos salían despedidos por encima de la batalla, catapultados por el choque de ambas bestias a toda carrera. Otros hombres quedaban ensartados en las lanzas de otros jinetes. Entre gritos de dolor y odio se estaba decidiendo la batalla por aquel pedazo de tierra. La infantería de ambos ejércitos llegó presta a la zona, donde la caballería había chocado, e intentaban rematar a los jinetes que se hallaban en el suelo, desorientados por el impacto, gritando por las heridas causadas en la acometida, con piernas rotas, lanzas atravesándoles el cuerpo, desmembramientos y sangre brotando de grandes heridas en el estómago, soldados luchando, a espada, por sus vidas.

El capitán Fernando era uno de esos jinetes caídos en el suelo. Desorientado, con la cara llena de sangre debido a un fuerte golpe en la cabeza, se levantó lo más rápido que pudo entre el griterío que le rodeaba, resoplando como su caballo caído en batalla. Se detuvo el tiempo durante un segundo para él, en el que aprovechó para buscar a su maestre en el campo de batalla, esperando encontrarle con vida luchando al lado de sus hombres y no en el suelo sin vida o mal herido. No pudo verlo entre tal multitud de soldados, el polvo levantado por los caballos y los fogonazos de los arcabuces. Todo empezaba a tornarse cada vez más oscuro, de repente, mientras el capitán Fernando se recomponía y sin que él se percatara de ello un jinete holandés iba hacia a él, a todo trote, con intención acabar con su vida. Pero el soldado Cortés, con su gran pericia con las armas, disparó su mosquete abatiendo a aquel jinete. El capitán Fernando se dio cuenta de lo que aquel soldado había hecho por él y con una simple mirada, y asintiendo con la cabeza, le agradeció aquella acción que le había salvado la vida. Después de eso un soldado se abalanzó sobre el capitán Fernando que, sin dudar lo más mínimo, lo ensartó con su espada. Mirando a aquel soldado a los ojos, viendo cómo se desangraba, escupiendo sangre por la boca, tambaleándose, pues le fallaban las fuerzas, le agarró de la cabeza y lo depositó en suelo ya sin apenas una pizca de vida. Mirara donde mirara, todo era una lucha sin fin. Los soldados holandeses no cedían un ápice de territorio y los españoles tampoco querían volver a España con la vergüenza de la derrota. Todavía quedaban soldados de ambos bandos en sus caballos combatiendo. En mitad de toda aquella refriega se encontraba el maestre Herrero, todavía combatiendo con su caballo, lanceando a todo aquel enemigo que se le acercaba, exhausto y lleno de sangre. Él continuaba luchando por su vida, un auténtico respiro para los soldados de su tercio.

—¡Agrupaos!, ¡agrupaos! —gritaba Herrero cogiendo el pendón de su tercio, dando vueltas sobre sí mismo con su caballo, para que todo el mundo allí pudiera verlo y oírlo.

Todos los que le oyeron, y le vieron, enseguida fueron hacia él; sabiendo que esa era una señal para que todos pudieran atacar con el mismo frente de nuevo y poder salir de allí con vida, y quizás victoriosos. A medida que se iban acercado a su maestre de campo iban acabando con sus enemigos. Algunos soldados españoles caían por el camino ensartados por las espadas holandesas o por los disparos de algún mosquete que todavía tenía munición.

Mientras Herrero seguía dando órdenes, un jinete holandés alertado por las órdenes que estaba dando el maestre cabalgó hacia él, con la lanza en ristre y con la mirada fija en él, para acabar con su vida y así dejar al tercio español sin líder. Mientras el maestre Herrero estaba dando las pertinentes órdenes, sin percatarse del inminente ataque —y entre todo el caos de la batalla no podía oír a unos pocos soldados españoles advirtiéndole— el jinete holandés impactó contra el caballo de Herrero sin que los soldados españoles pudieran hacer nada al respecto por la gran potencia de carga que llevaba. Fallando en el objetivo principal del ataque, queriéndole asestar un golpe mortal en el pecho, solamente consiguió herir al maestre levemente en el hombro izquierdo, desgarrándole la ropa y tirándolo al suelo. El jinete holandés desmontó de un salto de su caballo y desenvainó su espada con mucha soltura, maldiciendo su suerte, seguro de su objetivo, iba matando a los soldados españoles que se iban interponiendo en su camino, con gran destreza y eficacia.

El maestre se levantó del suelo viendo a aquel soldado, fijando su mirada en cada movimiento que había, luchando contra sus soldados, poniéndose la mano derecha en el hombro izquierdo asegurándose de que no fuera mayor la herida sufrida de lo que en un primer momento parecía. Levantándose cuidadosamente del suelo, sin quitar la vista de su enemigo, el maestre fue recuperando su espada del suelo polvoriento. Los dos cruzaron sus miradas enfurecidas, el soldado holandés levantó su espada hacia Herrero a modo de desafío y el maestre, sin mediar ninguna palabra entre ellos, asintió con la cabeza dando inicio, así, a un duelo al más puro estilo medieval.

Se acercaron, y sin mediar palabra alguna, los dos contrincantes empezaron a batirse dando espadazos y esquivando ataques que no solo se infligían con la espada; usando sus puños y piernas para hacer caer a su oponente. Después de varios movimientos muy parejos entre ambos, chocando sus espadas con un duelo muy igualado, el soldado holandés consiguió asestar un puñetazo al rostro del maestre partiéndole la nariz. Sangrando profusamente y aturdido durante unos segundos vitales en aquel duelo, tambaleante, Herrero hincó la rodilla derecha en el suelo; y el soldado holandés con un movimiento inesperado dio la vuelta a la espada y la agarró por el filo —a la altura de la punta, como si de un garrote se tratase— para intentar dar mayor fuerza al ataque, gracias al peso añadido de la empuñadura y así terminar con un final espectacular; intentando decapitar al maestre español. Tiraba así por los suelos la moral de los españoles el ataque tan brutal y poco ortodoxo en la lucha con espadas.

Herrero todavía medio aturdido y con la cara ensangrentada, pero ávido de querer ganar ese duelo y seguir combatiendo, con su espada en postura de guardia —sujetándola con ambas manos horizontalmente, mientras se levantaba rápidamente— dejó deslizar su espada entre sus manos sorteando la guarda y agarrándola por el filo, como había hecho el soldado holandés para el ataque. Encajando las dos guardas de las espadas y dando un fuerte empujón de su espada por encima de sus hombros, girando sobre sí mismo, logró arrancar la espada de las manos de su contrincante lanzándola varios metros lejos de él, con la misma inercia que llevaba el movimiento y terminando de girar sobre sí mismo dejó deslizar sus manos por la hoja agarrándola fuertemente de nuevo a la altura de guarda y clavó la espada en el estómago de aquel soldado holandés finalizando el duelo. Este, cayendo de rodillas sujetándose la espada que el maestre Herrero le había clavado —y mirándose ambos a los ojos— el soldado holandés asintió, sin decir ni una sola palabra sangrando por la boca y todavía recreando en su mente cómo había podido suceder que ese hombre medio acabado y sin fuerzas hubiera podido derrotarlo. El maestre, sujetándole con cuidado, como si de uno de sus soldados hubiera sido herido, se acercó a su oído.

—Hoy es posible que sobrevivas aquí, pues yo no voy a poner fin a tu vida, valiente soldado; pero también es posible que mueras. Nunca me había enfrentado a un espadachín tan diestro como tú, has sido mi mejor contrincante, y si sobrevives, espero poder volver a medirme contigo valeroso soldado. Espero de corazón que los tuyos te recuerden pues en mis pensamientos siempre tendrás cabida —dijo el maestre Herrero.

***

Mientras tanto el capitán Manuel de la Rosa continuaba con su estrategia de distracción del enemigo junto con sus cuatro jinetes; hasta que unos exploradores holandeses escondidos en la frondosidad del bosque —y en busca de la gran columna de polvo levantada por el supuesto gran ejército español— descubrieron que todo, en realidad, era una artimaña de los españoles para dividir sus tropas.

—¡Es todo mentira! —decía uno de los exploradores holandeses con tono de sorpresa mezclado con rabia, pues habían sido engañados tan fácilmente con unas simples ramas.

—Si han sido capaces de hacer esto y nosotros nos lo hemos creído… eso solo puede significar una cosa —decía otro jinete.

—¡Significa que ellos son únicamente los que se encuentran en el campo de batalla y no tienen refuerzos! —decía otro jinete entre murmullos, para no advertir a los jinetes españoles, pero cada vez más enojados por lo ocurrido.

—Malditos españoles, hemos infravalorado su sacrificio y su fuerza constantemente, son un pueblo guerrero y no se rinden ante una batalla. Muchos de ellos prefieren morir que regresar a su país con la vergüenza de la derrota —decía otro explorador.

—Pero ¿cómo es posible que sean así?, yo he oído historias acerca de los tercios españoles y de la forma en la que viven, es cierto que son bravos guerreros, pero lo que no entiendo es que en su país, muchas veces, no se les paga el jornal y les menosprecian y aun así, entregan su vida por su país. No termino de entender cómo piensan estos españoles —decía otro explorador.

—Eso es muy sencillo compañero… Si tuvieras unos soldados a tu cargo y les dijeras todos los días que son la élite, te pedirían más dinero y más privilegios que otros soldados, aunque sea cierto que son los mejores. No se lo dirías nunca, y así pagarías una miseria de oro por una unidad de élite y lo más importante: todo lo que no le pagas a tus soldados se lo quedan las arcas del rey que así pueden hacer sus dispendios y sus fiestas a costa de la sangre de sus soldados —terminó diciendo el que parecía que era el líder de los holandeses; de aspecto tosco, musculoso, con una gran barba rubia trenzada y de pelo largo recogido en una coleta que le llegaba hasta los hombros.

—Siendo cómo dices… me da pena la suerte de esos soldados, sus gobernantes algún día acabarán colgados. Aunque nosotros no estamos mucho mejor que ellos, parece que las cuestiones de palacio corrompen a cualquiera —dijo otro explorador.

—Vayámonos ya, creo que están lo suficientemente lejos como para que no detecten nuestra presencia, estamos perdiendo el tiempo —dijo el jefe de los exploradores.

Los holandeses se fueron de su posición a advertir, raudos y veloces, a sus comandantes que aguardaban con la mitad de la caballería y parte de su infantería en el otro extremo del bosque, a la espera de entablar combate con el ficticio ejército español. Ni el capitán Manuel de la Rosa, ni los jinetes que formaban parte del engaño del maestre, se percataron de que los holandeses habían descubierto su engaño; impidiendo así que alguno de ellos pudiera ir a avisar a las tropas que estaban luchando en la llanura que, dentro de poco, tendrían una amarga visita de refuerzos holandeses. Así pues, los jinetes continuaron cabalgando creando una cortina de polvo que ya no serviría de distracción y ahora, quizás, la batalla con nuevos refuerzos holandeses se decantaría a su favor.

Los exploradores continuaban cabalgando, para llegar lo antes posible, a dar las noticias de su descubrimiento. Las ramas de los árboles más débiles les golpeaban la cara y el cuerpo, pero parecía que no les importaba en lo más mínimo, en ese momento, tales daños a su persona, tenían la misión de informar a sus superiores y dar la vuelta a la batalla con sus refuerzos.

***

El maestre se levantó, se limpió la cara de su propia sangre con la manga de la camisa y se reagrupó después de dejar al soldado holandés en el campo de batalla con los demás soldados del tercio, y holandeses, caídos en batalla; colocándose junto con el hombre encargado de llevar el pendón del tercio, siempre en alto y visible. Los soldados españoles se fueron reagrupando alrededor del pendón del tercio, formando en cuadrado de lanzas, todas ellas ensangrentadas o con algún pedazo de carne todavía adherido a su filo, ya mellado de los impactos; otras estaban partidas o astilladas, pero aun así, esa formación era inexpugnable para cualquier unidad que quisiera llegar al corazón del tercio, al maestre Herrero.

Todos estaban ensangrentados y todos tenían algún tipo de herida que impedía estar al cien por cien. Ningún tercio, nunca, había sufrido tanto en un día de batalla. La visibilidad era clara, no había ya humo de ningún mosquete, la munición o la pólvora se habían acabado hacía ya tiempo y solo les quedaba la opción de luchar cuerpo a cuerpo.

Los holandeses empezaban a replegarse bajo las órdenes de sus oficiales y suboficiales; se retiraban al punto de donde comenzó la marcha de ataque. Alguno se quedaba de rodillas en el suelo, sin ningún aliento ni ganas de salvarse; otros se ayudaban entre sí para intentar salvar la vida y muchos de ellos solo miraban hacia el bosque desconsolados esperando que la parte del ejército —que había marchado a la búsqueda del otro contingente español— hubiera ganado su batalla y regresará pronto a dar refuerzos a los que allí se encontraban; aunque ninguno de ellos había visto signos u oído sonidos de batalla, ningún grito traía el viento consigo de aquella zona y todavía podía verse la columna de polvo sobrepasar por encima de aquellos frondosos árboles mecidos por el viento.

En la batalla que se estaba librando en la llanura, parecía clara e inminente la victoria de los españoles frente a los holandeses, pero a un alto coste.

—¡Rematadlos! —gritaban algunos soldados españoles enfurecidos y con ganas de zanjar esa batalla de una vez por todas desde la formación, al ver que alguno de ellos se quedaba allí vivo, pero sin aliento.

—Que nadie acabe con ellos, estos soldados han luchado valerosamente y se merecen nuestro respeto, que marchen y que puedan volver a ver a sus familias, ya hemos derramado mucha sangre hoy —ordenó el maestre Herrero a los cuatro vientos, para que todos le oyeran mientras todavía permanecían en formación.

Los soldados holandeses se levantaron como pudieron y poco a poco, renqueantes, fueron retirándose a donde los pocos soldados que quedaban se habían congregado. Al cabo de unos minutos solo quedaban los miembros del tercio del maestre que habían sobrevivido; rodeados de cadáveres y soldados malheridos, reclamando ayuda de quien fuese, amigo o enemigo. El tercio español se mantuvo firme por varios minutos más, conocedor de que todavía podrían regresar los soldados que fueron en la búsqueda del capitán De la Rosa y sus cuatro jinetes.

—Relajaos muchachos y recobrar el aliento, hemos ganado esta lucha, pero no hemos ganado la batalla todavía. Recordad que todavía falta una parte del ejército holandés y debemos estar preparados para cualquier ataque. Fernando, Gustavo, acercaos y trazadnos un plan para la posible respuesta. Soldados, podéis dispersaos un poco y ayudar a todo el que podáis, si no podéis salvar a alguien, darle una muerte digna y a mi orden retomar vuestras posiciones —ordenó el maestre Herrero.

Los tres empezaron a discutir las posibles escapatorias que podrían tener ante un ataque total de los holandeses.

—Yo creo, mi maestre, que deberíamos retirarnos a nuestro campamento y hacernos fuertes allí, estamos muy diezmados, nos aplastaran fácilmente —dijo el capitán Fernando.

—Hemos sufrido demasiado como para que ahora dejemos nuestra posición, ¿hemos luchado y muerto acaso por nada ? —replicó el sargento Gustavo.

—Es cierto que no podemos abandonar esta posición, lo verían como una debilidad por nuestra parte. Debemos mantenernos firmes aquí, creo que lo más importante es que alguien coja un caballo e informe a nuestro campamento y al alto mando, al maestre Francisco de la Riva, de lo que está ocurriendo aquí. Si no nos prestan ayuda pronto, me temo que aquí acabará nuestra historia. Pero tened muy presente siempre que somos españoles, una raza guerrera, pertenecemos a los tercios del imperio español, donde nunca se pone el sol. Somos soldados profesionales y por lo tanto si nuestro deber es morir, moriremos con nuestros hermanos, ¿queda claro? —terminó diciendo el maestre.

Su oficial y su suboficial quedaron impresionados por sus palabras y asintieron rápido, acatando las órdenes dadas.

—Que alguien busque al soldado Cortés y venga a verme inmediatamente, tengo una misión para él muy importante —dijo el maestre.

***

Mientras tanto, los exploradores holandeses llegaron al campamento desde donde partieron, donde el contingente que se dividió del gran ejército estaba preparado y listo para partir hacia cualquier lugar. Solo había cuatro tiendas montadas en forma de abanico, con un guardia en cada una de ellas, donde estaban creando la estrategia para ganar la batalla contra el supuesto ejército español que estaba moviéndose al otro extremo del bosque.

Estaban casi tan exhaustos como sus caballos, con la cara llena de pequeñas marcas de las ramas que le habían golpeado a su paso por el bosque buscando el camino más rápido para llegar a dar las nuevas noticias. Una vez llegaron al campamento, el jefe de los exploradores se detuvo enfrente de la tienda más grande y desmontó su caballo; a continuación, entregó las riendas al soldado que estaba haciendo guardia en la tienda del comandante.

—¿Dónde se cree que va soldado? —preguntó el guardia de la tienda, quedando estupefacto con la acción del explorador.

—Agarra bien mi caballo muchacho y déjame hablar con el comandante, tengo asuntos muy importantes que hablar con él —dijo, apartando al guardia de la tienda con el brazo y abriendo las cortinas con ambas manos de forma muy enérgica y sin pedir permiso previamente para entrar.

—¿Qué está ocurriendo aquí? —preguntó irritado el comandante del campamento ante el gran ímpetu de explorador holandés.

—Mi comandante, traigo noticias del frente, es urgente, no puedo esperar a formalidades —contestó el explorador

—Hable soldado, no se reprima.

—Los españoles nos engañaron, no tenían ningún ejército rodeándonos, simplemente eran un grupo de cinco caballos al trote arrastrando una ramas por el suelo para crear una cortina de polvo, haciéndonos creer que era otro ejército diferente —terminó por contar el explorador.

—¿Cómo dices muchacho?, ¿me estás diciendo que hemos dejado solos a nuestro ejército, luchando en el frente, por una treta de tal magnitud? —gritó enfurecido el comandante tirando los objetos que tenía en su mesa, entre ellos un mapa dibujado indicando cómo atacar al falso ejército español.

El comandante salió enfurecido de su tienda caminando enérgicamente, de forma decidida, hacia el frente de las demás tiendas, donde se hallaban sus otros oficiales y suboficiales haciendo los preparativos para la batalla.

—¡Salid todos de las tiendas ahora mismo, nos han engañado! —gritó el comandante.

Todo el mundo en el campamento se percató de que algo había ocurrido, todos miraron expectantes esperando las palabras del comandante que daba paseos cortos de un lado a otro, ansioso por que salieran sus subalternos de las tiendas para poder explicar —a todo el mundo— lo que había sucedido. Los mandos del ejército salieron con el rostro desencajado, buscando una explicación a lo que estaba sucediendo. Cuando al fin todo el destacamento holandés estaba reunido alrededor del comandante, este empezó a hablar con enfado.

—Nos han engañado, esos miserables españoles han dividido nuestras fuerzas para poder hacerse con nosotros fácilmente.

Todos los soldados empezaron a murmurar sorprendidos de lo que estaba diciendo su comandante.

—¿Veis la columna de humo que pensamos es el enemigo? Pues no son más que cinco jinetes con ramas atadas a sus caballos para despistarnos.

Las caras de incredulidad de las tropas holandesas no daban crédito a lo que escuchaban.

—Vamos entonces rápido a ayudar a nuestros compañeros al frente, mi señor —dijo en alto una voz, de entre todos los que allí estaban escuchando.

—Ahora mismo recoged vuestras armas y prepararos para marchar. No nos quedaremos ni un segundo más aquí perdiendo el tiempo. Dejad las tiendas montadas, las abandonaremos, no perdáis el tiempo. Vamos muchachos ¡a prisa! —terminó espetando el comandante—. ¡Tú!, explorador, ¿cómo te llamas? —preguntó el comandante al hombre que le había traído la información tan valiosa.

—Me llamo *Koert*, mi señor —dijo el explorador bajando la cabeza mostrando sumisión a su superior.

—Muy bien *Koert*, coge a tus exploradores y vigila a esos españoles que continúan cabalgando con sus caballos. Si tienes alguna duda acerca de que puedan ser una amenaza mátalos a todos, no dejes a ninguno con vida, no podemos permitirnos que nos sorprendan por retaguardia.

—Sí, mi señor —dijo *Koert*.

El explorador *Koert* se giró y arrebató rápidamente las riendas al guardia que todavía sostenía con fuerza a su caballo y reagrupó a sus soldados.

—¡Vamos exploradores!, tenemos trabajo que hacer. ¡Suerte muchachos!, volved sanos y a salvo —dijo *Koert* a sus compañeros, ultimando detalles para partir .

Los demás exploradores se montaron en sus caballos, y con *Koert* a la cabeza, se volvieron a adentrar raudos en el bosque, dejando atrás los vítores de sus compañeros con espadas, mosquetes y lanzas en alto, como signo de respeto hacia esos hombres. Todos los soldados holandeses recogieron las armas que aún faltaban por pertrechar para su equipamiento y formaron rápidamente. La caballería pesada también estaba preparada ya para partir por la travesía hacía la llanura; donde habían dejado a sus compañeros luchando contra el tercio del maestre Herrero. La marcha no fue menos que un paso ligero ya que el tiempo en aquel momento era oro.

***

En la llanura donde se encontraba el tercio español, los soldados que habían sido heridos de gravedad o no podían continuar la lucha, se marchaban de aquel campo de batalla haciendo una fila de varias decenas de soldados ensangrentados camino al campamento donde se encontraban los demás heridos junto con los rehenes holandeses que habían capturado anteriormente y tenían a buen recaudo. El soldado Cortés que al fin fue encontrado por uno de sus compañeros, reclamado por el maestre, estaba ya hablando con Herrero, apartados en un lugar donde nadie los escuchara ni les interrumpiera.

—Escucha atentamente Cortés, tengo una misión muy importante para ti y espero que puedas cumplirla lo antes posible, de ti depende nuestra supervivencia, chico.

—Dígame, señor —contestó Cortes.

—Debes coger un caballo, y marcharte de aquí. Dentro de poco tendremos una visita muy desagradable, creo que el enemigo no tardará mucho en darse cuenta de nuestra artimaña y se dirigirá aquí a prestar ayuda a sus compañeros lo antes posible. Tu objetivo es avisar al centro de mando dónde se encuentra el maestre Francisco de la Riva o Antonio de Aragón, cuéntales que nuestra situación es crítica. No podremos aguantar mucho más, ellos sabrán qué hacer ante esta situación. Nosotros permanecemos aquí, hasta el último momento.

—Pero mi señor, si atacan con todas sus fuerzas reunidas no habrá ninguna oportunidad de sobrevivir —dijo Cortés.

—Somos un tercio español, aquí no se contempla la rendición ante el enemigo, hijo —dijo el maestre, seriamente .

—Sí mi señor, haré lo que me ordene; pero creo que sería más útil en la batalla luchando al lado de mis compañeros y que otro ocupe mi lugar para dar el mensaje —dijo Cortés.

—Esta es una misión muy importante y no se la puedo confiar a cualquiera Cortes, confío en ti y en que harás llegar esta información al maestre sin entretenerte en lo más mínimo. De tu misión dependen todos estos hombres que están aquí, pues si no cumples con ella nuestro destino ya está sellado. Tú debes de ser el héroe salvador que nos libre de nuestros enemigos, si no lo conseguimos… Haz que España no nos olvide, que nos recuerden por lo que hoy hacemos aquí —dijo el maestre, tratando a este soldado como a un hijo, con una mirada penetrante y esperanzadora puestas en ese soldado.

—Gracias por confiar tanto en mi maestre. No le decepcionaré —dijo el soldado Cortés, henchido de coraje.

—Sé que no lo harás. Suerte en tu misión —dijo el maestre.

Después de un respetuoso saludo castrense y un apretón de manos de estos dos soldados españoles, Cortés se subió al caballo y echó un vistazo a todos sus compañeros, todos ellos deseándole suerte en su misión —que aun no sabiendo su cometido, sabían que era importante, pues el maestre Herrero solo ordenaba misiones importantes en la más estricta confidencialidad— a todos aquellos hombres que dejaba atrás, y no había certeza de volver a ver. Arreó al caballo con sus talones llenos de barro seco dejando atrás a todos sus compañeros ante la mirada, a su vez, de todos ellos. Una cortina de polvo se levantó por la rápida velocidad que el jinete alcanzó en pocos metros.

Después de varias horas de espera en aquella llanura, esperando ambos ejércitos, uno a cada extremo, las noticias de sus compañeros, se percataron de que por encima de las copas de los árboles ya no solo se vislumbraba el polvo que levantaba el capitán Fernando, sino que ahora se podían ver con claridad dos cortinas de polvo. Una de ellas parecía alejarse del campo de batalla, pero la otra en cambio se veía claramente que se aproximaba rápidamente donde la batalla había acontecido. El maestre al ver esta situación mandó reagrupar a todas sus tropas que allí permanecían descansando.

—¡Atención tercio castellano!, ¡reagrupados y a formar!, ¡coged vuestras picas y lanzas! —ordenó el maestre.

Todos los españoles formaron rápido y adoptaron la formación tan característica en cuadrado; conocida y temida por todos los ejércitos que habían osado hacer frente a los tercios españoles. Con las picas en alto, y la bandera del tercio nuevamente ondeando en el centro, aguardaron los movimientos que estaban sucediendo en el lado holandés.

***

Llegaron los jinetes de la caballería pesada holandesa, en primer lugar, portando las banderas de su país en las picas. La visión que concibieron del campo de batalla en ese momento nada tenía que ver con la que dejaron horas antes de marchar en la búsqueda del ficticio ejército español. La impotencia que sentían las tropas holandesas, que iban llegando a poco a poco, les parecía desgarradora, los soldados empezaron a maldecir a los españoles. Algunos escupían en el suelo como señal de desagrado, mientras clavaban su mirada llena de ira en el pequeño contingente español que había sobrevivido y aguardaba el próximo embate de las fuerzas holandesas. Nadie podía explicarse que hubieran sufrido tantas bajas enfrentándose a los siempre menospreciados españoles. El comandante holandés llegó a la cabeza de toda la infantería restante, intentando ocultar en su rostro la barbarie que había ocurrido en su ausencia, preguntando inmediatamente quién quedaba al mando de aquellas tropas replegadas, desmoralizadas y derrotadas.

—Soldado, ¿dónde están sus superiores en el mando? —dijo el comandante holandés, ante el silencio sepulcral que había ante la pregunta de este.

—No lo sé mi comandante, quizás haya alguno vivo, si ha tenido suerte en el campo de batalla. Alguien dijo que nos replegáramos, ya que estábamos siendo superados seriamente por los españoles —dijo aquel soldado desconocido, lleno de heridas a simple vista, con el uniforme ensangrentado de algún soldado español o de su propia sangre, ya que contaba con un severo y profundo corte que le atravesaba la cara.

—Está bien, descanse soldado y vaya de inmediato a ver al médico a que le miren esa herida que tiene en el rostro, parece bastante sería —terminó diciendo el comandante.

El soldado asintió y como pudo se levantó del peñasco donde se había acomodado usando su espada de muleta improvisada, luego se dirigió hacia los recién llegados soldados holandeses buscando al médico.

—¡Atención muchachos! Quien sepa dónde se encuentra alguno de los oficiales con vida díganle que se presente ante mí en los próximos cinco minutos. En el caso de que no haya sobrevivido ninguno, se hará cargo el siguiente en la cadena de mando. No quiero retrasos, corran la voz, vamos a preparar una contraofensiva y necesito saber toda la información que nos puedan facilitar. Cinco minutos soldados, ¡vamos! la guerra no espera por nadie —terminó diciendo el comandante holandés, dejando atrás a los soldados derrotados y se dirigió, caminando lentamente, hacia las tropas que con él llegaron a la llanura.

Los soldados que escucharon las órdenes del comandante empezaron a hablar entre ellos preguntándose dónde estarían los oficiales; corriendo la voz entre los derrotados con miedo también de lo que podrían hacerle a aquel oficial, por haber perdido gran parte del grueso del ejército holandés.

***

Los españoles por su parte permanecían expectantes ante la llegada de los holandeses, cada vez más numerosos y sedientos de batalla al ver toda aquella matanza producida. Dentro de la formación española se podía oír comentarios y susurros que se decían unos a otros, esperando las órdenes de su maestre, ansiosos por saber cuál sería la estrategia por seguir para salir de allí con vida. Como en muchas otras ocasiones, su maestre les había salvado de reunirse con el creador, o por lo contrario, estaba pensando en presentar batalla hasta el final y hacer de ese lugar la tumba, como ya lo había sido de sus compañeros caídos en la anterior refriega.

Después de una pequeña espera, desde la posición española veían como los holandeses ya estaban ultimando los detalles de su formación para atacar. Mientras tanto, en el lado español, crecía la incertidumbre de su porvenir; preguntándose el maestre y sus subordinados qué habría pasado con el capitán Manuel de la Rosa y sus hombres, ya que la columna de polvo había dejado de verse. ¿Habría huido para salvar su vida previendo el final, que, en este momento, le aguardaba al tercio? ¿Quizás habría ido a pedir ayuda al cuartel general donde se encontraba el maestre de la Riva y Antonio de Aragón?

El maestre Herrero tenía el ceño fruncido y mirada calculadora observando las tropas holandesas ante la idea de enfrentarse de nuevo a un buen ejército holandés motivado.

***

—Caballería pesada, vayan formando en primera línea. Infantería, vayan cogiendo posiciones y preparándose para la carga —ordenó el comandante holandés.

Mientras el comandante terminaba de dar las últimas órdenes, se acercaba un hombre cojeando, magullado, polvoriento y con la mano derecha envuelta en un trapo que antes era blanco ahora se teñía de rojo.

—Mi comandante, hizo llamar al oficial que todavía se mantuviera con vida, soy yo, el capitán Yani. Presento mis disculpas por nuestra derrota ante esos perros españoles, no pudimos hacer nada ante sus grandes aptitudes, sin duda, los subestimamos de nuevo pensando que serían una presa fácil de cazar.

—Ha tardado más de lo esperado en venir a verme capitán Yani, sin duda, por lo que puedo observar en usted la batalla tuvo que ser muy igualada y en la manera de hablar de su enemigo veo que sigue subestimando a esos guerreros que han destrozado a su ejército con bastantes menos tropas de las que usted disponía —dijo el comandante con un tono de reproche—. Venga conmigo y vayamos a ver al médico antes de que se desangre, debe cauterizar esa herida, necesito que me cuente como fue la acción de los españoles y poder hacer una estrategia fiable para acabar con ellos.

Después de que el capitán Yani explicara al comandante los movimientos de tropas que se habían desarrollado en la batalla, con toda la exactitud que el capitán podía darle: el duelo que presenció del maestre Herrero con uno de los soldados holandeses y la forma en la que le dejó con vida, en ese momento, el comandante interrumpió al capitán Yani y le preguntó por la vida de aquel soldado holandés.

—¿Sigue con vida ese soldado holandés del cual me está hablando?

—No sabemos si seguirá con vida mucho más tiempo, está tumbado con otros heridos en aquella zona y permanece inconsciente, pero con leves signos de vida todavía —dijo, señalando el lugar con la mano que todavía conservaba.

—De acuerdo, encárguese de que le vea un médico lo antes posible capitán Yani. No tengo nada más que decirle, cumpla las órdenes pertinentes. Cuando todo esto termine, depuraremos responsabilidades —terminó diciendo el comandante—. *Ruud* y *Pim* vengan conmigo, traer un trapo blanco y atarlo a una lanza. Vamos a conversar personalmente con esos españoles a ver si quieren rendirse antes de seguir derramando más sangre, quizás podamos llegar a un acuerdo —terminó diciendo.

Los tres holandeses se montaron cada uno en su caballo y avanzaron hacia los españoles, deteniéndose en la mitad del camino, esperando a que el tercio español quisiera negociar.

—¿Qué hacemos Herrero ?, ¿vamos a conversar con ellos?, ¿vamos a rendirnos? —dijo el capitán Fernando.

El tercio entero se sorprendió ante las palabras del capitán Fernando, aunque lo dijo en voz baja, casi en susurros, allí estaban todos muy juntos y no se podía evitar oír las conversaciones que tenían unos soldados con otros.

—No hay rendición Fernando, somos un tercio español, aquí no hay rendición, pero podemos ganar algo de tiempo para Cortés y poder tener una posibilidad final de victoria. Vengan conmigo Fernando y Gustavo, veamos qué es lo que quieren estos holandeses. Abran filas soldados, suban las picas, las lanzas y traigan una lanza con un trapo blanco atado en la punta —terminó diciendo el maestre Herrero.

Los españoles fueron caminando al encuentro con los holandeses; ya que sus caballos, los pocos que habían sobrevivido, los utilizaron para transportar a los heridos más graves hacia el campamento avanzado, donde se encontraban los demás heridos y los holandeses capturados de la anterior refriega en las trincheras.

Después de unos minutos interminables, hasta la llegada de los españoles al punto de reunión de ambos bandos, el comandante holandés se quitó el casco. Se saludaron y empezaron las negociaciones, hablando el comandante holandés en primer lugar; hablando el español con un acento que nunca los españoles habían oído, pero que honraba a ese holandés saber español.

—Habéis combatido con gran valor y astucia haciéndonos caer en un trampa perfectamente, orquestada casi hasta el final. Os ofrecemos una rendición honrosa, podéis conservar vuestras banderas y vuestras vidas, solo debes salir de nuestro país, ¿qué decís?

Después de unos segundos en silencio, Gustavo y Fernando miraban al maestre Herrero esperando su respuesta.

—Agradecemos sus palabras y vuestro respeto, pero esto es un tercio español —contestó el maestre Herrero, mirando fijamente a los ojos al comandante holandés.

No hubo más palabras del maestre, después de ver la cara de estupefacción de los holandeses al oír la respuesta de los españoles, estos se dieron la vuelta y continuaron caminando.

—Este es nuestro fin, hasta aquí hemos llegado, señor —dijo Gustavo.

El capitán Fernando miró fijamente al sargento Gustavo durante unos segundos, mientras ambos caminaban hacia su tercio; le dio dos palmadas en el hombro derecho y sin mediar ninguna palabra los tres soldados españoles desenvainaron sus espadas cuando estaban internándose en la formación española, llena de lanzas y picas a punto de entablar nuevamente combate.

Los holandeses llegaron a su posición con su caballería y el comandante dio órdenes para preparar la carga, trotando lentamente.

Ante la formación de caballería pesada que estaba llevando a cabo el ejército holandés con las pistolas de fuego en alto y la mecha prendida para accionar el mecanismo de disparo, el maestre Herrero ordenó.

—¡Soldados antiguos!, ¡a vanguardia!, ¡soldados nuevos!, ¡a retaguardia!

Quedándose Herrero en primera línea de fuego.

Los soldados nuevos iban moviéndose e intercambiando posiciones con los soldados antiguos, no se oía ningún ruido entre ellos, solo había miradas intercambiadas y los golpes que daban las lanzas entre ellas, alzadas al cielo, cuando se movían entre las filas de sus compañeros.

La caballería cada vez estaba más cerca, y a cada instante, cabalgaban más rápido hacia las tropas españolas.

—¡En posición de ataque! —gritó el maestre.

Todos bajaron sus lanzas y sus picas, los que no disponían de ellas simplemente aguantaban en posición de ataque con sus espadas y puñales a la espera de la carga holandesa. Cuando la caballería pesada holandesa estuvo lo suficientemente cerca, empezó a disparar sus pistolas de fuego contra la formación española que carecía de potencia de fuego y solo podía aguantar el fuego enemigo.

Algunas de las balas iban impacientando en los soldados españoles, en ocasiones por suerte o puntería del jinete holandés, abatía de un disparo a algún español que iba cayendo poco a poco sin poder hacer todavía nada. Otros gritaban al ser heridos, pero todos ellos valientes, al permanecer en su posición —sin moverse— cogiendo el ejemplo de su maestre, impasible ante tal fuerza abrumadora holandesa.

Cuando la caballería holandesa empezó a rodear al tercio español, ya sin munición, intentando intimidar al tercio castellano.

—Nuestra mayor gloria no está en no caer nunca, sino en levantarse cada vez que caemos soldados. ¡Preparados para la carga! ¡Santiago y cierra España! Ahhhhhhhhh.

Todo el tercio salió corriendo en línea recta hacia los jinetes holandeses con la lanza en mano, gritando cada cual más alto que el anterior, con un ruido ensordecedor, como si el cielo se estuviera desgarrando y con un objetivo muy sencillo, ensartar a un jinete holandés.

Continuará…

Este libro se terminó
de imprimir
en España
en junio de 2024

Made in the USA
Monee, IL
13 September 2026

62988794R00090